徳 間 文 庫

美濃路殺人事件

内 田 康 夫

徳 間 書 店

目次

プロローグ

受難の日というのはあるものである。その日の浅見光彦がまさにそれであった。二月末の木曜日、浅見はF出版社の編集者で宮沢という男と連れ立って、岐阜《ぎふ》県へ取材に行くことになっていた。

浅見はいつものようにソアラを駆って家を出た。ところがその日は前夜来の豪雪で、東京の街中でもチェーンが必要かという騒ぎだった。むろん道路は渋滞につぐ渋滞である。待ち合せ場所・新宿駅西口広場に着いた頃には、約束の時間をはるかに過ぎていた。

宮沢の姿は見当たらない。待ち草臥《くたび》れて、どこかへ行ってしまったのか。それとも、交通機関の遅れで、まだ到着していないのか。連絡をつけようにも、F社の始業時刻まではまだ二時間もある。

シャーベット状の舗道を、浅見は何度も歩き回って、どこかに待っているかもしれない宮沢を探した。ドライブ用の短靴はグシャグシャに濡《ぬ》れ、靴の中は金魚でも飼えそうなほどに水がしみ透った。

駅の構内まで行って、自宅に電話してみても、宮沢からの連絡は入っていないという。何度も同じ電話をかけるので、お手伝いの須美子嬢は機嫌が悪い。

「みなさんお食事中なんですから」

ただでさえ忙しいのに――と言いたいらしい。

「ごめんごめん」

浅見はひたすら低姿勢である。六時にモーニングコールをさせ、一人分だけ先に朝食を作らせ、おまけに玄関前の雪掻《ゆきか》きをしてもらって出てきたというのに、目指す相手と落ち合えないでいるのでは、須美子嬢の努力は徒労に終わったことになる。

もう何度目か、公衆電話の並ぶコーナーまで来たが、気がひけて、すぐはダイアルを回す意欲がおきない。しばらくためらって、コーナーの前で足踏みをしてから、思いきって電話機に近付いた。

その時である。むこうを向いていた若い女性が、振り向きざま、浅見の左頬《ほお》をいきなりひっぱたいた。

「いいかげんにしてくださいよ！」

不意を衝《つ》かれて、浅見はよろめいた。かろうじてバランスを立て直すことができたのは、女性の平手打ちがさほど強力ではなかったせいか、浅見の足腰のよさのせいである。

それにしても度胆《どぎも》を抜かれた。殴られたこともだが、殴った相手の女性の美貌《びぼう》に感嘆し、とっさには非難の声も出なかった。

女性の年齢はにわかに判断できないけれど、たぶん二十を二つか三つ過ぎたあたりか。少女がおとなの女に脱皮して、内面から溢《あふ》れるつややかな美しさに装われたばかりの年頃だ。見開いた目が異常なほど大きい。額が広く、本来はたぶん青白いであろう、蠟細《ろうざい》工《く》を思わせるきめの細かい肌に、ポッと血の気がさしているのは怒りのせいにちがいない。

「あの……」

僕が何かしましたか？　と訊《き》きかけた時には、女性はクルリと背を向けて、改札口の方角へ走り去った。

（それはないよ——）

浅見はポカンと口を開け、間抜《まぬ》けな顔をさらして、突っ立っていた。

その様子が振られた男に見えたのか、それとも痴漢に見えたのか、通行人がニヤニヤ笑いながら眺めてゆく。

浅見は急に腹が立ってきた。平手打ちの彼女にではなく、遅れに遅れている宮沢に対して腹が立った。あの男が遅れさえしなければ、こんな赤っ恥をさらすことはなかったのだ。

（勝手にしやがれ——）

浅見は車に戻ると、宮沢を見捨てて一路岐阜へ向かうことにした。すでに一時間半は遅れている。午前中には現地に着いて取材を始めるつもりだったが、この分だと、午後二時ぐらいになりそうだ。

（あんちきしょう——）

宮沢の丸い顔を思い浮かべて、浅見は打たれた頬を撫《な》でた。

（それにしても美人だったなあ——）

なんだか頬にのこる掌《てのひら》の感触が懐かしい。もう一度会えたら、たぶん文句を言うことさえ忘れてしまいそうだ。

とはいうものの、なぜいきなり殴られなければならなかったのか、浅見にはまったく見当がつかない。「痴漢」を感じさせるほど、まだ接近していなかった。「いいかげんにして」と言うのだから、腹に据えかねるほどしつこい男——という意味なのだろうけれど、残念ながら浅見は彼女とは初対面である。

(誰《だれ》かと間違われたのかな?——)

その男の顔を想像しようとすると、どういうわけか憎たらしい宮沢の丸顔にダブってしまうのであった。

東名高速道に入る頃には雪はすっかり溶け、交通の渋滞は解消していた。

御殿場サービスエリアに寄ってF出版社に電話をかけた。なんと、宮沢に直通の電話番号を回すと、受話器を取ったのが当の宮沢であった。

「あれ?　浅見さん、どうしたんですか、やけにお早いですね」

すまして言っている。

「どうしたんだもないでしょう、スッポカしておいて」

「スッポカしたって、何を?」

「驚いたなあ、ひどいね、待ち合せ、七時の約束でしょうが。忘れたの？」

「え？　忘れてませんよ。明日の朝七時、新宿西口前広場ね。予定表にちゃんとそう書いてありますよ」

「だったらどうして……ん？　明日って言ったの？」

「そうすよ、明日ですよ……あれ？　まさか浅見さん、今日だと思ってたんじゃないでしょうね？」

「いや、今日でしょう？　二十六、二十七日の予定になってますよ」

「やだなあ、それ変更したって言ったじゃないすか。二十六日に社の会議と法事があるから、一日ずり下げるって」

「あ……」

そうだった、そういう連絡があったのを、浅見はようやく思い出した。カレンダーの26、27日のところにつけた赤丸印を訂正しておかなかったのが間違いの原因だ。

「じゃあ浅見さん、いま新宿ですか？」

「え？　いや、いま御殿場」

「御殿場？　どうして？　もうそこまで行っちゃったの？　呆《あき》れたなあ」

宮沢のさも軽蔑《けいべつ》したと言わんばかりの台詞《せりふ》が気に入らなかった。

「いいですよ、僕一人で行ってきます」

「一人でって……あのねえ……」

何か言いたそうにしているのを無視して、浅見はガチャッと受話器を置いた。

どうせ宮沢のことだから、取材そのものよりも、旅先で羽を伸ばして、うまいものを食い、柳ヶ瀬あたりを徘徊《はいかい》しようという狙《ねら》いのほうが中心なのだろうから、同行してもしなくても、浅見には構わないのだ。

そうと決まればかえって気が楽になった。当然のことながら、道中、一人のほうが二人よりも気が楽だ。取材費を持ってくるはずの宮沢がいないのは、やや懐具合が心配だが、なに、いよいよとなれば日帰りで戻ってくればいいのである。

浅見はドライブインを出て、目の前にそびえ立つ真白な富士を仰いだ。

第一章　犬山・明治村

1

愛知県犬山《いぬやま》市は県の最北端に位置し、木曾《きそ》川に面した風光明媚《ふうこうめいび》の地である。木曾川の鵜飼《うかい》、日本ライン下りなどでよく知られているが、犬山はもともと、犬山城の城下町として開けたところだ。

犬山城は天守閣が残る城としては、現存するわが国最古の城である。戦国期の天文六（1537）年の築城といわれるから、かなり古い。昭和十年に国宝の指定を受けたこの城は、個人の所有物であることでもよく知られている。

犬山の観光施設としては日本モンキーセンターも有名だが、なんといっても、全国的に誇るべき施設といえば、博物館「明治村」ということになるだろう。

明治村は昭和四十年に開設された。明治期以後の日本各地の建造物を移築し、その保存と展示を行っている。百万平方メートルという広大な土地に、五十七の建造物が建ち並び、ＳＬや京都の市電が走る。

「博物館」というと堅苦しいが、古きよき時代の面影が楽しめる巨大な公園という趣のたたずまいだ。

園内の主だった建造物には、帝国ホテル、聖ザビエル天主堂、日本赤十字社病棟、札幌《さっぽろ》電話交換局、西郷従道《つぐみち》邸、森鷗外《おうがい》邸、品川灯台などがある。

二月二十六日の昼前、この品川灯台の近くで男性の死体が発見された。

品川灯台は昭和三十二年まで、東京湾品川沖のお台場にあった洋式灯台で、わが国のこの種の灯台としては、観音崎（神奈川《かながわ》）、野島崎（千葉）に次ぐ古いものだ。

品川灯台は入鹿《いるか》池という、昔灌漑《かんがい》用に造られた池に突き出た小さな岬《みさき》の先端近くに立つ。死体は灯台のさらに先の斜面に、頭を下に、なかばずり落ちる格好で倒れ伏していた。

前夜は近年まれな大雪だったために、観光客の訪れも少なく、園内の道路部分の雪は取り除いたが、ふだんなら散策もできる庭園には立ち入ることが不可能だった。ことに灯台の先あたりまで行く者はほとんどなかったから、死体の発見はいちじるしく遅れた。

死体の発見者は三重県から来た高校生の団体の一人で、たまたまふざけながら灯台周辺の雪の中に踏み込んで走っていて、死体に気づいた。

発見した時には、死体はほとんど雪に没しているような状態だったが、数メートルの近くまで行ったので発見することになった。もし高校生が来てなければ、おそらくあと数時間は発見が遅れたにちがいない。

通報を受けて犬山警察署から捜査員が駆け付けた。パトカーが三台、一般車両が五台、鑑識作業車が一台、捜査員が三十三人、これは犬山署の半分以上の戦力である。あたりまえのようなことだが、警察がもっとも大袈裟《おおげさ》に反応するのは「変死事件」に対してである。これが窃盗事件なんかだと、せいぜいこの三分の一程度の人数しか投入しない。田舎の山奥のほうへ行くと、駐在巡査が一人で事情聴取をしてすますなどという場合さえある。

さらに「殺人事件」の疑いが濃厚ということになると、県警察本部の捜査一課、機動捜査隊や近接する警察署の応援など、百人から多い時には二百人を超す人員が投入され、あるいは主要道路に緊急配備を行う必要があったりすると、さらにそれに倍する人員が投入される。

この事件でも、捜査員の数は事件発生後から時間を追うごとにどんどん増えていった。それはつまり、事件が殺人事件であると判断されたためである。

死んでいたのは中年の男性で、死因は背中に受けた心臓に達する刺傷《さしきず》による失血死。雪が男の上にかかっていたこと、死体の下には雪が無かったことなどから、男が殺されたのは雪が降りはじめる午後九時頃よりも前——おそらく夕方の閉門前——であると考えられる。

夏なら、かなり夕刻遅くまで園内を散策する客があるけれど、この時季、閉門直前の時刻まで園内にいる客はほとんど無い。ことに現場は池のほとりで、夕方にはかなりの冷え込みになる。おそらく事件が起きた頃には、その付近に人影は無かっただろう。

したがって犯行はもちろん、犯人らしい人物を目撃した者もいないし、死体の発見も大幅に遅れることになった。

その後、現場近くを職員が通ってはいるのだが、死体は斜面の途中にあって、通路からは死角になっていたし、すでに夕闇《ゆうやみ》に隠されていたこともあって発見されずじまいだったようだ。

警察はただちに犬山署内に捜査本部を設置して、現場周辺の遺留物の捜索と、目撃者探しにとりかかった。

被害者の胸のポケットに名刺入れがあったために、被害者の身元はすぐに割れた。死んでいたのは東京に本社のある大京物産の管理課長・高桑雅文（五三）――八王子市在住――であることが分かった。

高桑は昨日の午前、名古屋に着き、大京物産名古屋営業所に立ち寄って所用をすませたあと、午後三時頃、友人を訪ねると言って営業所を出たままになっていたそうだ。

警察としては当然、高桑が会うと言っていた「友人」を追及することになった。営業所を出てからの高桑の足取りははっきりしない。高桑が名古屋に会社の関係者以外の知人がいるということも、じつは営業所の人間は知らなかったそうである。これまで、何回か名古屋出張があったけれど、高桑の口から「友人」という言葉が出たのは今回が初めてだったのだ。

しかし、高桑が「友人と会う」と言っていたことは確かなようだ。だとすると、名古屋には友人が存在し、犬山の明治村を訪れたのは、その友人と一緒だったと考えて、まず間違いはなさそうだ。

とはいえ、「友人」が会社関係の付き合いによる人間なのか、それとも高桑の個人的な付き合いによる人間なのか、まったく摑《つか》みどころがなかった。

高桑は妻と数年前に離婚して、八王子の家には、病気の長男がいるだけである。その長男の話によると、高桑は今回の出張について、友人に会うというようなことは一切言っていなかったそうだ。そういうことから、警察は高桑の会おうとしていた「友人」が、じつは女性ではないか――と想像した。

大京物産の同僚などに聞いたところでは、高桑は真面目《まじめ》な男で、酒は多少は飲むが、女性問題を起こすような遊び好き人間ではなかったという。

しかしまあ、人は見掛けによらないということもある。評判の真面目人間に意外や意外という愛人がいるケースは、決して珍しいことではない。

日中、気温が上がって雪が溶けるにつれて、事件現場の捜索が進捗《しんちょく》した。午後三時頃、死体から十メートルばかり離れた、池畔ぎりぎりのところに、革製のボストンバッグが落ちているのが発見された。

バッグは高桑のもので、中には書類などの仕事上の小物や、現金が約三万円、それに洗面道具がセットになったセカンドバッグが入っていた。

そのセカンドバッグの中に、警察としてはちょっと気になるものがあった。それは八王子から新宿までの京王電鉄の回数券である。もちろん単に回数券を持っていたことだけならば、べつに取り立てて言うほどのことではないのだが、その回数券に血痕《けっこん》が付着していたとなるといささか問題だ。

血痕は乾いてはいるけれど、十一枚つづり、三つ折の回数券をベッタリ汚すほどだから、かなりの出血があったことを思わせた。しかもその血は被害者・高桑のものとは異なる血液型であった。

高桑がなぜ血染めの回数券を持っていたのか——。ひょっとすると、もう一つべつの犯罪が起きていて、高桑がその犯罪に関《かか》わっているのではないか——という疑いを抱かせるに十分だ。

2

浅見光彦が岐阜《ぎふ》県美濃《みの》市に着いたのは、やはり東京を出る時点で危惧《きぐ》したとおり、午後二時を過ぎる頃であった。

名神高速道を一宮インターで出て、ほぼ真北へ五十キロ、長良《ながら》川を溯《さかのぼ》ったあたりが美濃市である。美濃の市街地のやや北寄りのところから西へ、長良川の支流である板取《いたどり》川に沿った県道を数キロ行くと、「和紙の里」と称《よ》ばれる美濃紙の産地がある。

今回の取材はこの「和紙の里」だ。蕨生《わらび》という集落がそれで、古田行三という人を訪ねることになっている。

陶磁器の「瀬戸物」と同じ意味あいで、「美濃紙」はあたかも和紙の代名詞のようになっているくらいだから、美濃の和紙は歴史が古い。文献によれば、八世紀の中頃には紙の産地として「美濃」の名が記録されているということであった。

浅見は和紙についての専門的知識など、まるでないに等しい。F出版社の宮沢に言わせると、それがいい——のだそうだ。

「何も知らない目で見ると、新鮮な感覚で取材ができますからね」

ということである。

確かに浅見自身、和紙を漉《す》く現場をいちど見ておきたい気持ちがあったから、美濃の街を出外《では》ずれて、左右に山並が迫るような道を進んで行くあいだ、期待感で胸がときめいた。

しかしここでも雪に悩まされた。蕨生の集落に入ると、家々の軒端から落ちた雪が道路に積もって、往来の車が難渋していた。浅見の車はスパイクタイヤではないので、雪道に突っ込めばニッチもサッチもいかなくなるのは目に見えている。

ついに目的の場所よりはるか手前で、浅見は車を捨て、徒歩で古田家を目指すことにした。

右側にはかなり急な斜面がつづき、左手にはほんのわずかな田畑を余して、すぐそこが板取川という、狭隘《きょうあい》な地形である。道路をはさむようにして、民家が軒を接して立ち並ぶから、屋根の雪が落ちると除雪のしようがないらしい。

浅見は雪に何度も足を取られながら、ようやく古田家を訪ねあてた。

古田行三は六十歳を少し出たという話だが、前歯が二本ばかり欠けているほかは、若者のように壮健だ。トツトツとした語り口で、和紙づくりにかけた五十年の人生を熱っぽく語った。

美濃紙は戦前までは盛んだったが、あとは凋落《ちょうらく》の一途を辿《たど》っているのだそうだ。昭和二十年当時にはこの集落だけでも千三百人もいた和紙製造業の従事者が、現在はわずか十一名になってしまった。しかも後継者難で、このままでは美濃の本和紙が絶えてしまうのは時間の問題だという。

古田家でも三人いる息子はすべて名古屋、東京に出て、いまのところ、初老の夫婦二人でなんとか和紙漉きを続けている。

「まあ、あと何年もつかねえ」

古田は寂しげに笑った。

紙の技術はもともと中国から渡来したものだが、日本において本格的に花開いたのだそうだ。それは、日本人特有の勤勉さと研究熱心の賜物《たまもの》であるのと同時に、日本の山野にはコウゾ、ミツマタ、ガンピなど紙の原料となる植物がふんだんに自生していたことによるらしい。

美濃紙の原料は主としてコウゾによっていたが、現在では地元ではコウゾがほとんど取れないのだそうだ。

「戦時中、コウゾ畑を全部つぶして食糧生産にあてたのですよ。現在は茨城《いばらき》県産のものを使っとります」

その点が古田には残念なところらしく、しきりにこだわっていた。

それはともかく、日本の紙製造技術が、平安以降の文化の興隆に大いに貢献したであろうことは、想像にかたくない。そしてその本場ともいうべき供給地がここ美濃の奥深い里だったというわけだ。

浅見は古田夫人が実際に紙を漉く作業を見学させてもらった。簀《す》と称ぶスダレのようなものを敷いた平たい枠で、原料を溶いた液体を掬《すく》い取り、簀全面に均等に拡《ひろ》げる。その動作を何度か繰り返していると、やがて水を漉《こ》しきったあとの簀の表面に薄い膜状のものが残る。それを一枚一枚重ねてゆく、単調だが熟練を要する作業だ。

その作業風景はテレビなどで見る機会があるから、浅見にもあらかじめ知識はあったが、実際に目で見ると、いかに難しい技術であるかが分かる。書や絵画など美術用に上質の紙を漉《す》こうとすれば、より均質で均等であることが求められるであろうから、技術はいっそう高いものでなければなるまい。

美濃の紙漉きは、ほかの多くの地方のものと同様、無形文化財に指定されているのだそうだ。

「しかし、それにしては暮らしは楽でないのですよ」

古田は笑いながら言った。

「これで収入でもよければ、後継者も出てくるのでしょうがねえ。和紙が儲《もう》かる商売になる可能性はほとんどありませんなあ」

のんびりした口調で言うから、なんだか切実感がないけれど、家の中を見回してみると、この家が決して豊かな暮らし向きでないことは、一目で分かる。

水を使い、製品を寒風に晒《さら》すなど、冬はことさらに辛《つら》い作業が多い。そのわりには報われることのない職業だ。和紙の用途はまだまだ広がっているとはいうものの、後継者難が解消される保証は何もないにちがいない。

F出版社の編集方針としては、「二十一世紀に生きる日本の伝統工芸」というテーマのシリーズのひとつとして和紙を取り上げるのだが、はたして二十一世紀にも和紙が産業として活躍しうる余地があるのか、浅見は少し不安になった。

むしろ、和紙を滅びさせてはならないという観点に立って、その方法論を考えるかたちの記事に仕立てたほうが意義がありそうな気がしてきた。

取材を終えて外に出ると、もう夕刻近い空の色であった。いまから東京に帰るのは、ちょっと辛い。浅見は美濃の街まで戻り、安そうな旅館を見付けて泊まることにした。

地元の宿に泊まると、土地の話をいろいろ聞くことができる。和紙を漉く村や人々の哀歓など、きれいごとでない話を仕入れることができるかもしれない。

今回にかぎらず、浅見の書くものが概して好評なのは、とおりいっぺんの取材でなく、人間臭さがにじみ出るような内容に仕上がっているせいなのだが、それにはこういう真面目な取材が役立っている。

風呂《ふろ》に入って早目の夕食をしたためていると、テレビのニュースが地元で起きた殺人事件を報じていた。

「──けさ十時頃、愛知県犬山市の明治村で、男の人が死んでいるのを、たまたま修学旅行にきていた高校生が発見しました。

犬山警察署と愛知県警の調べによると、この男の人は東京都八王子市の会社員高桑雅文さん五十三歳で、背中から刃物で刺された痕《あと》があり、傷は心臓に達していることから、出血多量による失血死と見られ、警察では殺人事件と断定して捜査を始めました。

　高桑さんは社用で名古屋にある会社の営業所に出張中でしたが、きのうの午後、友人に会うと言い残して営業所を出たあと、行方が分からなくなっていたものです。警察ではこの友人が事件の鍵《かぎ》を握っているものと見て捜査を進めておりますが、いまのところ、会社の関係者や家族にそういう人物の心当たりはないということです」

　ニュースは事件現場の様子と被害者の顔写真を映し、その程度のコメントを述べると、次の話題に移っていった。

　浅見はぼんやり画面を眺めながら、ふと被害者の顔をどこかで見たような気がした。被害者の高桑という名前には思い当たる記憶はない。しかしテレビに映った男の顔には漠然とした記憶があった。それもどこかで最近見た顔だと思った。

（誰《だれ》だろう？――）

　いまどき流行《はや》りそうもない太い黒縁の眼鏡が、奇妙によく似合う男だった。頭は几帳面《きちょうめん》に七三に分け、漫画のハクション大魔王というのによく似た下ぶくれの、愛嬌《あいきょう》のある顔である。それだけに一度見たら忘れっこない顔なのかもしれない。

　その顔を浅見はたしかにどこかで見たという記憶があった。

（あっ――）と思った。

テレビで見た顔だ。

何日か前、東京銀座の宝石商が行方不明になった事件を報じるニュースか、あるいはその事件の続報をテーマにしたワイドショウか何かの番組で見たのかもしれない。

たしか、あれは宝石商側の関係者だったのではなかっただろうか？　宝石商の家の前に取材に集まった報道陣に向かって制止するような手付きをしていたから、イメージが強烈だった。

（あの男かな？――）

浅見はまだ自分の発見に半信半疑だった。あの事件の関係者が、こんな離れた場所で殺されたなどというのは、なんだかできすぎたドラマのようで、にわかに信じがたい。

テレビの画面からは男の顔はとっくに消えて、天気予報に変わっていたけれど、浅見の脳裏には人の好《よ》さそうな男の顔が焼き付いていた。

3

宝石商行方不明事件というのが、二月十三日に起きている。

東京・世田谷の宝石商で月岡和夫という人物が、現金約五千万円と二億円相当の宝石類の入ったバッグもろとも行方不明になったという事件である。

その二日後に、月岡のものであるベンツが西銀座の地下駐車場で発見された。その車の後部座席にかなりの量の血痕があって、その血液型は月岡のものと一致したことから、警察は月岡が何らかの事件に巻きこまれた可能性があるものと見て捜査を開始したが、それ以後、まったく手掛りも足取りも摑めていないというものだ。

ところが、月岡には一億円近い借金があることが分かってから、世間に「狂言強盗」ではないかという噂《うわさ》が流れはじめた。

警察もその疑いを強めたフシがある。捜査の進展具合があまり思わしくない様子が、どうもその疑いを抱かせる。

マスコミ――ことにFFといわれる写真週刊誌やテレビのワイドショウ番組は、月岡の留守宅や事務所を急襲して、関係者のコメントを取ろうと躍起だ。浅見がテレビで見たあの男の顔は、そういう取材攻勢を映したテレビの一場面に現われたものだったのかもしれない。

浅見は急に落ち着かない気分になってきた。例の悪い虫が騒ぎだす予感があった。犬山で殺されたのが、ほんとうに浅見の記憶にある「テレビの男」だったとしたら、もう浅見は知らん顔して通り過ぎるわけにはいかない。そういう性格である。

翌朝、浅見は九時に宿を出た。刃物で有名な関市《せき》を抜けたあたりで、東に折れ、木曾川を渡るともう犬山市に入る。

きのうの午後からは快晴で、木曾川のほとりにそびえ立つ犬山城の白い壁がまぶしかった。

捜査本部の置かれている犬山署は、事件発生直後というわりには、それほど混雑していなかった。被害者が地元の人間であるのと遠隔地の人間であるのとでは、所轄署の雰囲気はかなり異なる。地元関係の事件だと、どうしても土地の人間が入れ代わりたち代わりやってくることもあって、署内が一日中、なんとなく慌ただしい。

おそらく捜査員の何人かは東京へ出張しているのだろう。現場周辺の聞き込みも行われているにちがいない。そのぶん捜査本部は閑散とするわけだ。

浅見はさりげない様子で警察の玄関を入った。報道関係者らしい男たちが廊下をウロついている。そういう連中の一人に、浅見は訊《き》いた。

「捜査本部はどこですか?」

「ああ、本部ならそこの階段を上がった、大会議室だよ」

男は気軽に教えてから、ふと気になったように、浅見の腕を捉《とら》えた。

「ねえ、あんた、まさか何かタレコミじゃないんでしょうね」

「ちがいますよ」

浅見は笑って、腕を摑んだ手をやんわりとほどいた。

階段を上がったとっつきのドアの脇《わき》に「明治村殺人事件捜査本部」と大書した紙が貼《は》ってある。浅見はノックもせずにドアを開け、室内を覗《のぞ》いた。

室内には三人の私服がバラバラにデスクに向かって、何やら書類でも作成している様子だ。こっちの気配に気付いて、中の一人が振り向いた。

「何だい? マスコミさんはお断りだよ」

スポーツ刈りの、海坊主のようにズングリしたタイプの男だ。

「いえ、取材ではなく、ちょっとお話ししたいことがあるのですが」

浅見は笑顔を作って言った。

「話って、明治村の事件に関係することですか？」

「ええ、まあそうです」

「何だい？」

海坊主は少し煩《うるさ》げに顔をしかめながら、それでも立ってきて浅見を迎え入れた。

「まあどうぞ」

そこにあった折り畳み椅子《いす》をすすめた。

「どういう話です？」

「じつは、高桑とかいう被害者の人ですが、あの人、東京で起きた宝石商行方不明事件と関係がある人ですか？」

「ん？……」

突然、妙なことを言いだしたので、刑事は意表を衝《つ》かれたような反応を示した。

「それ、どういうことです？」

「いえ、ですから……」

浅見はもう一度同じ質問を繰り返した。

「ふーん……」

刑事は急に胡散《うさん》臭い目になった。

「おたくさん、どちらさん？」

ボールペンとメモ用紙を構えて、上目遣いに訊いた。完全に被疑者に対する姿勢そのものだ。

「浅見という者です」

「浅見、何さん？　住所は？」

やれやれ――と浅見はうんざりした。せっかく情報を持ってきてやったのに、これじゃ善良な市民としてはあまり愉快な気分にはなれないではないか。

一応、正直に住所氏名を述べた。刑事は念のためと称して、免許証の提示まで求めた。まさかいきなり東京の家に問い合せることもないだろうけれど、どうもあまり気分のいいものではない。

「それで、どういうところから、そういう……ええと、被害者が宝石商の行方不明事件と繋《つな》がるっていうわけ？」

「いえ、はっきりそうだとは言えないのですが、テレビで見た顔がよく似ていたもので、もしかするとと思ったのです」

浅見は被害者が東京のテレビで見た、月岡という行方不明の男の家の前で報道陣を制している人物の顔に似ていることを話した。どうやら刑事はその時のテレビ画面は見ていなかったのか、それとも気がつかなかったのか、とにかく浅見の話にはかなり興味を惹《ひ》かれた様子がありありと見えた。

「やあ、どうもどうも、わざわざ教えてくれてありがとうございました。ただちに警視庁のほうに問い合せますよ」

ニコニコすると、刑事づらが消えて、ただの気のいいズングリした男に見える。

「失礼ですが、刑事さんのお名前を教えてくれませんか？」

「あ、これは失礼」

海坊主は名刺を渡してくれた。「愛知県警察本部捜査一課警部鈴木司郎」とあった。

「ほう、警部さんでしたか」

浅見はいくぶん、海坊主を見直す気持ちになった。県警が捜査主任として送り込んでくるほどの人物なら、そうそうおかしな人物ではないにちがいない。

「ところで、どうなのですか？　被害者が会うと言っていた友人の手掛りは摑めたのでしょうか？」

「ん？　いや、まだそこまでいくはずがありませんよ。何しろ捜査は始まったばかりですからなあ」

「凶器は発見できたのですか？」

「いや、まだですが……ではこれで失礼しますよ。また何か気のついたことでもあったなら、教えてください」

煩《うるさ》い相手は早いとこ敬遠するにかぎると思ったのだろう、鈴木警部は立ち上がると、軽くお辞儀をして、さっさと背中を向けてしまった。

その時、室の隅にある無線装置が交信を求めるコール信号を発した。

「はいこちら本部、どうぞ」

デスクの刑事が応答している。

「こちら三十二号、ただいま現場付近で凶器と見られる短刀を発見しました。ただちに本部に持ち帰りましょうか、どうぞ」

「了解……」

刑事は鈴木警部を振り返って、指示を求めた。鈴木は黙ってうなずいた。

「了解しました、ただちに本部まで帰投してください」

鈴木は浅見がまだそこにいるのに気付いて苦い顔になった。

「悪いけど忙しいもんでね、どうぞ帰ってください」

ドアを指差して言った。浅見は粘った。

「凶器、発見されたのですね。どういうものか、見せていただけませんか」

「いや、そういうわけにはいきませんよ」

鈴木が露骨に迷惑そうな顔をして言った時、廊下にドヤドヤと数人の人の気配がした。

ドアの外には五人の記者連中がつめかけていて、浅見がドアを出るのと入れ代わるように、最前列の新聞記者が室内を覗《のぞ》き込んで言った。

「いま、凶器が見付かったのだそうですね。写真、撮らしてもらえますね？」

「しようがねえなあ」

鈴木は苦笑した。

「まったく、困るんだよねえ無線を傍受してもらっちゃ」

それからものの十分たらずで、パトカーがサイレンを鳴らして戻ってきた。ビニール袋に入ったものを、大事そうに抱えた刑事が、走り込むようにして捜査本部に入った。

4

「凶器」が報道陣に開陳されるまでには、それから二時間近くもかかった。おそらく入念な鑑識作業があったのだろう。

捜査本部の隣室で行われた記者会見を、浅見は報道関係者にまぎれ込んで覗くことができた。

「凶器と思われるものは、現場から二百メートルばかり離れた、明治村のゲート近くにあるゴミ箱の中に捨てられていました」

鈴木捜査主任が発表し、刑事が二人がかりで、「凶器」を載せた板を運んできて、室の中央にあるデスクの上に置いた。各社のカメラマンがそれを取り囲み、いっせいにフラッシュを光らせた。

浅見が無線を聞いた時には「短刀」と言っていたようだが、実際に見るとそれほど立派なものではなく、いわゆる「クリ小刀《こがたな》」というべきタイプのものだ。刃渡りは切っ先から根本の部分まで入れても、十五センチ程度だろう。

小刀は、たぶんそれを包んであったと思われる、拡げた紙の上に、鞘《さや》とべつべつに鎮座していた。

「心臓まで達していたそうですが、そうすると、ほとんど柄のところまで刺したということになりますか」

記者の一人が訊いた。

「まあそういうことでしょうなあ。血痕は刃のない、柄に近い部分まで付着していましたので」

警部は答えた。

「ついでに申し上げると、血液型は被害者のものと一致しました。なお、指紋を拭《ふ》き取った痕跡があります。つまり、指紋は検出されなかったということです」

「小刀のメーカーや入手先はまだ分かりませんか?」

「まだです」

「関《せき》で作られたものですか?」

「いや、さっき聞いたところによると、関の刃物屋さんでは、現在はこのテのものは作ってはいないそうです」

「そういえば、いまどき流行《はや》りそうもない古くさい小刀ですね」

誰かが笑いを含んだ口調で言った。たちまち、会見場の緊張感が解けた。

鈴木は「では、これで終わります」と立ち上がった。記者連中も当座は聞くべきこともないので、昼食の品定めなどを喋《しゃべ》りながら、三三五五、室を出て行く。

浅見はなんとなく物足りなくて、最後まで室に残り、刑事が「凶器」を運び去るのを眺めていた。

「あ、ちょっと見せてください」

浅見はふとあることに気がついて、刑事を呼び止めた。二人の刑事も鈴木警部も、何事かというように浅見を振り返った。

「その紙、和紙ですね」

浅見は小刀を載せた紙を指差した。

「そのようですな」

鈴木は珍しくもない――と言いたげだ。

「それが何か?」

「いえ、きのう美濃の紙漉きを見学してきたものですから、ちょっと……」

新しい知識を覚えたての頃は、その物に妙にこだわったり、他人にひけらかしたりしたくなるものだ。その時の浅見もそうだったのだろう。しかし、もしかすると、浅見がその和紙になんとなくこだわりを抱いたのは、彼特有のある種の勘か、ひらめきだったのかもしれなかった。

もっとも、浅見はすぐに「凶器」から離れた。クリ小刀や、それを包んでいたという紙を見たからといって、すぐにどういう知恵が浮かぶというものでもないのだ。

犬山署を出ると、浅見はソアラの鼻先を明治村の方向へ向けた。

明治村へは犬山の市街地を東に出外れて、尾張富士《おわりふじ》という三百メートル足らずだが姿の美しい山の麓《ふもと》に入って行く。そこに大きな駐車場がある。一般車はそこに駐車して、あとは無料送迎バスに乗って正門まで行く仕組みだ。

犯行後、犯人がこれと同じ経路を逆に辿ったものとすると、正門事務所の職員とバスの運転手が犯人を目撃している可能性がある――と浅見は思った。

その意味からいうと、殺人を行う場所としては、ここはあまり条件がよくなかったのではないだろうか。それとも何か、明治村を犯行現場に選んだ要因があったのだろうか?

切符売場で園内の案内図を貰《もら》った。門から事件現場の灯台まで、直線距離でも三百メートルほどはありそうだ。

広い園内にはまだ雪がたっぷり残っていて、明治時代の趣のある建物を、いっそう引き立てている。

気温はかなり低いにもかかわらず、入場者はけっこう多い。ちょうどいまは受験シーズンだから、学校が休みというところも多いのかもしれない。

左右の建物を覗いてみたい気もしたが、浅見はひたすら品川灯台を目指した。品川灯台のある岬では、まだ活動服姿の捜査員が散開して、遺留品の探索にあたっていた。

岬にはかつて京都市内を走っていたチンチン電車が、時折やってくるし、灯台の手前には有名な西園寺《さいおんじ》公望《きんもち》の別邸「坐漁荘《ざぎょそう》」があるほか、四つの建物がある。岬そのものも景色のいいところだから、なかなか人気のある場所なのだけれど、京都市電の停留所のところに引かれたロープに遮られて、その先の灯台には近付くことができない。ニュースや新聞などで事件のことを知ったのか、ロープの手前には、警察官の動きを興味深そうに眺めている人々が、二、三十人もいた。

浅見もその仲間に加わった。ロープ際に立つ警備の警官に死体の発見場所を訊くと、「あの灯台の少し右の奥」と教えてくれた。

浅見はぐるりと頭をめぐらせて、周囲の状況を確かめた。現在はなんだか衆人環視の真只中《まっただなか》——という印象だが、この岬の先端、灯台より先の部分は、むろん通路もないし、ことに灯台の裏側に入れば、一般的な見学コースからは完全に死角になるであろうことが想像できる。

ことによると、犯人はそういう条件を承知の上で被害者を誘い込んだのではないかという気がした。

浅見が人垣を離れようとした時、ロープを潜《くぐ》って歩み出した女性があった。黒っぽい喪服姿のような格好で、右手には花束を抱いている。

警備の警察官が慌てて近付いた。

「だめですよ、中には入らないで」

制止したが女性は無視して、さらに歩いて行く。

「だめです、あんた、だめ！」

警察官の口調がだんだん乱暴になった。駆け寄ると、女性の腕を摑んで、引き戻そうとした。

「あそこにお花をあげに行くだけです」

女性は言いざま、警察官の腕を邪険に振りほどこうとした。

そのとたん、浅見は思わず「あっ」と小さく叫んでしまった。

腕を振った拍子にまともにこっちに向いた顔は、まぎれもなく、新宿駅でいきなり頰《ほお》を叩《たた》かれた、あの女性であった。

「美人やなあ……」

すぐ隣の関西人らしいグループから声が漏れた。本心としてはまったく同感であったにもかかわらず、浅見はなぜかその声の主をにらみつけてやった。

「あんた、ホトケさんの身内の人ですか？」

警察官は事情があるらしいと思ったのか、女性に付いて歩きながら、訊いている。

女性も何か答えながら、足のほうは止めようとしない。二人はどんどん遠ざかって、話の内容は聞こえなくなった。

浅見はまたしても意表を衝かれた。

（彼女がどうして？――）

あの女性が被害者・高桑とどういう関係なのか、好奇心が急速に高まった。

まもなく、女性は警察官をまるでボディガードのように従えて戻ってきた。手にした花束が消えている。池畔に花を捧《ささ》げ、死者のために祈ってきたのだろう。

ロープを潜って、人垣を抜け、門の方角に歩いてゆく。

浅見はすぐにあとを追った。ただし野次馬たちの目があるうちは声をかけるわけにはいかない。またいきなり平手打ちを食らうような醜態をさらしかねない。

現場を離れ、正門近くまで行ってから、浅見はようやく声をかけた。

「失礼ですが」

キッという感じで、女性は振り返った。絶えず緊張している気持ちが、全身にみなぎっている。

「また……」

非難と軽蔑《けいべつ》のつぶやきが女性の唇を衝いて出た。

「きのうはどうも」

浅見は笑いながら言った。

「まだ何か聞きたいことがあるんですか？　それとも、もう一度打《ぶ》たれたいのですか？」

「あははは、あなたは勘違いしているのですよ」

浅見は少し間を置いて、女性と対峙《たいじ》した。

「僕のことを取材記者か何かと思い込んでいるようだけど、僕があなたと会ったのは、残念ながらきのうが初めてなのですよ。といっても、もっと前にお会いしていたら、やっぱり殴られるほどしつこくまとわりつくかもしれませんけどね」

「あっ……」

女性もようやく気がついたらしい。

「ごめんなさい、あなたのこと、週刊誌の記者と間違えたんです」

「でしょう？　だとすると、その記者もずいぶん間抜けな顔をしているとみえますね」

「そうなんです、とぼけた顔をしてるくせに、変に図々しくて、恥知らずで……」

言いながらまた「あっ」と気がついた。

「違いますよ、あなたとなんか全然似てませんよ。ほんとです、どうして見間違えたのか、信じられません。きっと、よほど興奮していたんです。それに、私、眼《め》が悪くて、右が0.2で左が0.1で、おまけに乱視が混じっているんです。だからほんとは眼鏡をかけなければいけないんですけど、友達がおばあさんぽい顔になるって笑うし、コンタクトレンズは涙が出て困るし、それで本を読む時以外は……」

「あの」と浅見は手を上げて、彼女の饒舌《じょうぜつ》にストップをかけた。そうでないと、またしても、痴漢か何かのように、通りがかりの人に誤解されかねない。

「僕は浅見という者です」

名乗りながら、浅見は肩書のない名刺を渡した。

「フリーのルポライターのようなことをやっています」

「ルポライター」

とたんに女性はふたたび、表情に警戒の色を浮かべた。

「といっても、もっぱら企業の提灯《ちょうちん》持ちや政治家のインタビュー記事ばかりを書いていて、あなたのような美人にお目にかかるチャンスはまったくありませんけれどね」

浅見は笑ってみせて、訊いた。

「失礼ですが、ここで亡くなられた高桑さんのお身内の方ですか?」

「いいえ、違います、私は……」

女性は一瞬ためらってから、言った。

「私は月岡といいます。高桑さんは父のお友達でした」

「月岡さん……きれいなお名前ですね」

言いながら、浅見はどこかで聞いたことのある名前だと思った。

「あっ、もしかすると、あなたはあの、宝石商の?……」

「ええ、そうです。行方不明になった月岡和夫は私の父です」

この世の中すべてに反撥《はんぱつ》するように、挑戦的な目を浅見に向けて、言った。

5

「そうですか、あなたが月岡さんの……」

浅見はそう言ったきり、しばらく言葉が継げなかった。

「それで分かりました、あんなに激しくお怒りになった理由が」

浅見の貧弱な知識でも、月岡和夫の行方不明に対しては、ほとんど狂言、もしくは保険金目当ての偽装殺人事件という見方が、かなり強くなっているはずであった。

それだけに月岡の家族に対する世間の風当たりは冷たいし、マスコミの取材攻勢は容赦ないものであるにちがいない。

「ここ、出ましょうか」

浅見はごく自然に彼女の腕をとると、正門のほうへ歩を進めた。

「そうそう、まだフルネームをお聞きしてなかったですね。差支えなければ教えてくれませんか」

「月岡三喜子です、三つの喜ぶ子」

三喜子は苦笑して、

「でもこのところは三つの苦労の子で、三苦子とでも名前を変えたほうがいいみたい。父はあんなふうになるし、母は寝込んじゃうし、私の縁談はパアになるし……でも、このほうはパアになってよかったと思ってますけど。だって、こんなことでダメにするような相手なら、こっちでお断りですものね」

「ふーん、強いんですね、あなたは」

浅見は心底、感心して言った。

「そうなんです、子供の頃からお転婆《てんば》で通っていましたから」

「あなたのお父さんの事件のこと、僕はあまり詳しいことは知りませんが、ずいぶんひどいことを言う人もいるのでしょうね」

「ええ、ひどいなんてもんじゃないんですよね。まるで魔女狩りみたい。マスコミなんか、正義づらして、取材に応じないと聞くに耐えないようなことを言って罵《ののし》るんですから。家族の者なんか外も歩けやしないんです。外どころか、家の中にだって押し込みかねない勢いなんですから」

「そうですか、高桑さんは、そういう連中からご家族を守ってくれていたのですね？」

「ええ、高桑のおじさんは父の小学校の時からの親友で、今度のことが起きてからは、父や私たちの代わりに、いろいろと奔走してくださったんです。もし高桑のおじさんがいなければ、母なんかとっくに自殺しかねなかったと思いますよ」

「その高桑さんがなぜ……」

「神様なんて、絶対、この世にはいませんよね。あんな、それこそ神様みたいな人がこんな目に遭《あ》うなんて、信じられません」

三喜子は真直ぐ正面を見据えて歩いているけれど、両の目から溢《あふ》れた涙が、頬を伝うのが見えた。

「警察はどう言っているのですか？　つまりその、お父さんの行方不明については」

「警察はだめです」

言下に、三喜子は決めつけた。

「警察は最初から父の失踪《しっそう》を狂言だと思い込んでいたみたいです。だから血だらけの車が出てきても、それもまた父の偽装工作だと疑っているんですよね。だけど、あんな大量の血を流したら、それだけでもう命が危ないはずでしょう。それとも、献血してもらった他人の血液を流したとでも思っているのかしら？」

ちょうどゲートを出る時にその話題が出たものだから、そこにいた職員がびっくりした目を二人に交互に向けた。

「でも、警察がそう思いたがるのも分からなくもないんです。父には確かにずいぶん大きな借金があるのだし、それに、保険金だって何億にもなるらしいから……浅見さんだってきっと、内心ではそう思ってらっしゃるんでしょう？　ううん、いいんです、慰めてくれなくても。もうすっかり慣れっこになっちゃいましたから」

「そんなふうに一方的に決めつけるものじゃありませんよ」

浅見は穏やかに言った。三喜子のポンポン飛び出すような口調とは、対照的だった。

「僕は月岡さんの事件のことは、ほとんど知らないも同然です。それは、新聞なんかの報道はいくらか見ていますから、どういう事件であるのか、表面的には知っていますが、真相がどうなのかはべつの問題ですからね。しかし、だからといって、あなたに気休めを言うつもりもありません。警察の言うことが正しかったという可能性だってあるかもしれませんからね」

「ほら、やっぱりそうでしょう、そうなんですよね、誰だって、父の潔白なんか信じようとしないんだから」

「そんなことはないでしょう」

浅見は少しきつい声を出した。

「誰もがそうだというのは、あなたの独善ですよ。現に高桑さんのように、親身になって友情を貫いた人だっていたじゃないですか。世の中の何もかもが自分の敵だと思うのは、それこそ神様でもない以上、あなたの思い上がりというものです」

「そんなこと言ったって、高桑のおじさんだってこんなことになってしまったし、もう何もかもおしまいじゃないですか。現実の問題として、いったい誰が私たちの味方になってくれるというんですか？」

「僕がなります」

浅見は立ち止まり、昂然《こうぜん》と相手を見下ろすようにして、言った。

「あなたが？」

三喜子は呆《あき》れた顔でそれに答えた。

「浅見さんがどうしてそんなことができるのです？　それに、第一、私たちの味方になって、どうなると言うんですか？　何かメリットでもあるのですか？　私たちはひどく貧乏で、弁護士だって雇えそうにないんですからね」

「お金だとかメリットだとかいう問題ではないのです」

「じゃあ、何なんですか？」

「何か報われるものがなければ何もしないという、そういう人間ばかりがいるわけではないでしょう。たとえば高桑さんがそうだったのじゃありませんか？」

「そりゃ、高桑のおじさんは父の無二の親友でしたから……もしおじさんが逆の立場になったら、その時は父が同じようにしていただろうと思うし」

「親友でなくても、親戚《しんせき》でなくても、何かしてあげたいと考える人間だって、この世の中にはいるものですよ」

「浅見さんがそうだと言うんですか？」

「いや、残念ながら、僕はそんな聖人君子ではない。僕が月岡さんの事件に首を突っ込むとしたら――いや、おそらくそうなるでしょうけれど――それは僕の止めようのない好奇心のなせることです」

「好奇心？　じゃあ、面白半分で父の事件のことを？」

「面白半分というのとは違いますよ。しかしあなたの場合と同様、世間からどう思われようと、あなたがどう思おうと、僕はこの事件にも、月岡さんの事件にも、まるで百年ぶりに出会った恋人に対するような魅力を感じていることは事実です」

「そう……」

三喜子はいくぶん鼻白《はなじろ》んだように、浅見を斜めに眺めて、言った。

「あなたの好奇心の対象になって、父も高桑のおじさんも、さぞかし満足でしょうね」

「僕の気持ちが分かってもらえなくて残念ですが」

浅見は悲しそうに首を振った。

「しかし、かえってそのほうがいいのかもしれない。あなたにも警察にも邪険にされたほうが、他人の思惑に縛られずに、無心で僕なりの捜査ができますからね」

「あなたの捜査ですって？」

三喜子は笑い出したいのを堪《こら》えながら、言った。

「警察にも解けない事件なのに、あなたが一人で、どういう捜査をするのかしら？」

「これから真剣に考えますよ」

どこまでも真面目くさっている浅見を、三喜子は少し薄気味悪そうに見詰めた。もしかすると誇大妄想狂だとでも思ったのかもしれない。

「僕のことよりも」と浅見は微笑で彼女の視線に応じながら、言った。

「あなた自身、お父さんの消息を求めて、あなたなりの捜査をしているのでしょう？」

「ええ、それはまあ……」

「やけに自信がなさそうですね、やはり警察にも解けないことはできっこないと思っているのですか?」

「そんなことないですよ。私は必ず……」

「そうですよね、一人でも真剣に取り組めば組織を上回る力を発揮することだってあるものです」

駐車場へ行く送迎バスが到着した。二人は会話を中断して、バスに乗り込んだ。

バスはお客を満載して走る。

「これから僕は東京へ帰ります。よろしかったら僕の車でお送りしますよ」

「ありがとうございます、でも、もう少し調べたいこともあるし、私独自の捜査をやってみたいですから」

三喜子は浅見のお株を奪ったとでも言いたげに、ニッコリ笑ってみせた。

浅見は駐車場前でバスを降りた。

三喜子はそのままバスで犬山駅に向かうという。遠ざかるバスの窓から、三喜子は長いこと手を振っていた。

第二章　策謀の影

1

岐阜から戻った日の夜、浅見は久し振りに兄と膝《ひざ》つき合せて話す機会を持った。

ひとつ屋根の下に暮らしていながら、浅見が兄と顔を合せることは驚くほど少ない。まず食事時間が一致しない。いや、それ以前に起床時間、就寝時間、帰宅時間と、どれを取ってもこの兄弟は嚙《か》み合わないことのほうが多いのである。

浅見とは十四歳も年齢差のある兄・陽一郎は、幼い頃から、文字どおり浅見家のホープであった。大学時代に司法試験をパス、東大を首席で卒業、上級職試験も問題なく通過したスーパーエリートだ。

警察畑ひと筋に歩んで、いまをときめく警察庁刑事局長として、国会の予算委員会などにしょっちゅう出ている。

野党委員の質問攻めを大過なくこなしているのを、時折テレビで中継するので、その端整な顔立ちはよく知られている。

それと対照的に、愚弟・光彦は浅見家の持て余し者として、ずうっと烙印《らくいん》を捺《お》されっぱなしである。

大学は三流有名大学をやっとこ卒業。就職口もなく、兄のヒキでなんとか勤めることができた商事会社も長続きせずに、自分からおん出て辞めた。

いまでこそ、フリーのルポライターと副業の私立探偵モドキで、なんとか格好をつけてはいるけれど、ほんの何年か前までは、箸《はし》にも棒にもかからないドラ息子と、自他共に認める存在であった。

母親の雪江未亡人はともかく、近頃ではお手伝いの須美子嬢までもが、厄介者扱いをしかねない素振りを見せる。

こういう四面楚歌《しめんそか》のような中にあって、ただ一人だけ、愚弟・浅見光彦の真価を知っているのは、じつは賢兄・陽一郎なのである。

陽一郎は弟のたぐい稀《まれ》な直感力と、時折見せる思考の飛躍に、畏《おそ》れに近いほどの驚異を覚えることがあるのだ。

(もしかすると、彼は私より数段優れた資質の持主なのかもしれない——)

陽一郎はそう思うことがある。学校の成績がよかったとか、いい就職ができたとかいうのは、必ずしもその人物の優位性を決定づけるものではないのだ。

たとえば文学的には天才といってもいいような資質を備えた少年がいたとする。しかし彼は惜しむらくは数学の能力がまったく劣っていた。そのためにいい学校には進学できず、結局は、あたら文学的才能も花開くことなく、平凡以下の人物としてその生涯を終えることになる。現代の教育制度下では、冗談でなく、こういうケースはままあることにちがいない。

浅見光彦がその格好の例だ。

彼がたまたまルポライターや私立探偵としての才能を認められるようになったのは、皮肉なことに、彼のとことん順応性のない性格のせいである。いわばツブシのきかないことが逆に幸いして、平凡な道をすら歩ませなかったということだ。

「また何か、事件に首を突っ込もうというのかい?」

陽一郎は弟の様子を見ると、機先を制して、からかうように言った。

「よく分かりますね」

「あたりまえだよ、きみが私にこういう改まったポーズで話を持ちかけるとしたら、まずそのテの話か、それとも縁談かのいずれかだろうからね」

「ははは、しかし縁談なんかはあるはずがない——ですか？」

「いや、なくちゃ困るが、いまのその顔は縁談という顔じゃない」

「ご明察」

浅見はペコリと頭を下げた。

「それで、今度は何だい？」

「二つの事件について、データを見せてもらいたいのです」

「またそれか……あまり感心したことじゃないが、しかしまあ、聞くだけは聞いておこうか。何の事件だね？」

「一つは、先頃、東京で起きた宝石商の行方不明事件。もう一つは愛知県警管内で起きた殺人事件についてです」

「なんだ、同時に二つの事件にタッチしようというのかい？」

「いえ、この二つの事件に共通する因子があるのです」

浅見はかいつまんで、これまでの経緯を話した。

「なるほど、しかしそういう事情は警察ももちろん掌握《しょうあく》しているだろうから、双方の事件の関連性なども勘案して捜査を進めていると思うが」

「それはそのとおりだと思います。しかしそれでも捜査方針が適切を欠くと、せっかくのデータも宝の持ち腐れに終わってしまうことがままあるものです。そうではありませんか？」

浅見はいたずらっぽい目で、兄の鹿爪《しかつめ》らしい顔を覗《のぞ》き込んだ。そういう事例が過去にいくつもあって、浅見の協力が無ければ、迷宮入りになるところだった事件も五つや六つはあったのである。

「そういう言い方には名誉毀損《きそん》罪か恐喝罪が適用できないものかな」

陽一郎は苦笑した。それは承諾の意味でもあった。

「ありがとうございます」

愚弟は愚弟らしく、あくまでも低姿勢に徹して、浅見は深ぶかと頭を下げた。

陽一郎は弟の要望を即刻実現に移し、翌日の夜には現在までの捜査状況を網羅した書類を浅見の手に渡した。

しかし、捜査の進捗《しんちょく》状況は思わしいものではなかった。ことに月岡和夫の行方不明事件に関しては、まったく進展していないといって過言ではない。

警察はむしろ、月岡の「犯罪」を立証するためのデータを収集することに、捜査の全エネルギーを傾けているのではないか――とすら疑えるほどだ。

月岡がいかに事業の行き詰まりを打破することに汲々《きゅうきゅう》としていたか。いかに借金の返済に腐心していたか。また、異常ともいえる高額の生命保険への加入がいかに不自然なものであるか。等々である。

月岡が誘拐され殺されたであろうことを前提とする捜査が、はたして真剣に行われたのかどうかも、疑って疑えないことではなさそうにすら思えた。

現実の問題としては、月岡の家や事務所に対する家宅捜索からは、事件を連想させるような資料は発見されていない。

また月岡のベンツの中からも、例の血痕《けっこん》――血だまりといったほうが当たっているが――以外にはこれといった遺留品も指紋も検出されていないようだ。

「その血痕ですが、月岡和夫当人のものであると確定してはいないのでしょう？」

浅見は兄に訊《き》いた。

「ああ、その件については私も興味があったので訊いてみたが、どうやら血液型が一致したというだけで、必ずしも確定的に月岡のものであるとは断言できないらしいね」

「なるほど、それで警察は月岡の狂言を疑っているわけですか」

「それは当然のことだろう。警察はあらゆる可能性を勘案して捜査を進めるさ」

「ええ、それは分かっていますけどね、時として、思い込む癖のある捜査員もいないわけではありませんから」

浅見はまたちょっぴり皮肉を言った。

2

その翌日、浅見は月岡家を訪ねている。

月岡和夫の家は世田谷区の中では、比較的新しく開けた高級住宅地にあった。京王線のつつじヶ丘駅から歩いても十分くらいの高台である。

道路には明らかに覆面パトカーと分かる車が停《と》まっていて、中に目付きの悪い男が二人、こっちを窺《うかが》っている。しかし、それ以外にはマスコミ関係者らしい姿は見当たらなかった。事件から半月もたてば、マスコミの興味はほかに移ってしまうものらしい。

道路に面して胸あたりまでの高さに大谷石が積まれ、その上に盛り土して、つつじの植え込み、さらにその奥にコンクリート塀が巡らせてある。道路から石段を三段上がり、五メートルばかり石畳の上を歩くと門がある。かなり豪勢な構えの邸宅だ。

門脇にインターホンがあった。浅見がボタンを押すと用心深そうな女性の声が「どなたさまでしょうか？」と問うた。

「浅見という者ですが、お嬢さんの三喜子さんはいらっしゃいますか？」

「いいえ、ただいま三喜子は留守でございますが」

どうやら三喜子の母親らしい。

「そうですか、お帰りはいつになりますでしょうか？」

「さあ、ちょっと分かりかねますですが」

「失礼ですが、名古屋からはもうお戻りになったのでしょうか？」

「いえ……」

少し言葉が揺れた。

「あの、名古屋へ参ったこと、ご存じでいらっしゃいますの？」

「ええ、むこうでお会いしましたので」

「まあ、さようでしたか……」

いよいよ動揺した様子だ。どうすべきか迷っているらしい。

「あの、浅見さまとおっしゃいましたか、もし差支えなければ、お入りいただけませんでしょうか？」

「はあ、それは構いませんが、お邪魔してもよろしいですか？」

「はい、あの、ただいまご案内をいたしますので」

待つ間もなく、玄関のドアを開ける音と、小走りにくる足音がして、お手伝いらしい女性が門を開けてくれた。

浅見が門を通ると、女性はすぐに門《かんぬき》をかけ、錠を下ろした。

建物も鉄筋コンクリートづくりの堂々たるものであった。ただし、趣味がいいとはいえない。おそらく邸《やしき》の中にも高価な宝石があったりするのだろう、そのための用心が行き届いているような感じであった。

玄関には五十歳になったかならないかぐらいの年配の、ややふっくらした面差しの、上品な女性が膝をついて出迎えた。

「三喜子の母でございます」

やはりそうだった。どことなく三喜子に似たところがある。ただし、三喜子の時折見せる、女豹《めひょう》のような目付きは、母親にはまったく感じられないものだ。

応接室に通された。三十畳ほどはあるだろうか、部屋の調度類は、紫檀《したん》だの黒檀《こくたん》だのというものにちがいない、落ち着いた光沢のテーブルや棚、それにペルシャ産の敷物など、かなり高価なものばかりだ。そういうものを見るかぎりでは、月岡が莫大《ばくだい》な借金を抱えているというのが、信じられない。

お手伝いの女性が紅茶を運んでくるのと一緒に、母親も入ってきた。

「あの、名古屋で三喜子にお会いになったそうですが、三喜子とはどのようなお知り合いで？……」

お手伝いが行ってしまうと、母親は不安そうに訊いた。

「はあ……」

浅見はどう答えるべきか逡巡《しゅんじゅん》したが、結局、ありのままに言うしかないと思った。

「じつは、最初にお目にかかった時に、殴られたのがきっかけです」

「は？……」

母親はこれ以上はできないほど、目を大きく見開いた。浅見は笑いながら、新宿駅でいきなり殴られた経緯を話した。

「まあ、なんてことを……それは失礼なことをいたしました」

母親は恐縮し、浅見に対して抱いていた警戒心を、いっぺんで払い除《の》けた様子だ。

それから浅見は犬山の明治村での出来事を話した。もちろん高桑雅文の事件に遭遇したことも詳しく説明した。

「高桑さんの事件のことは、もちろんご存じですね？」

「はあ、高桑さんまでがああいうことになられて、恐ろしいことでございますわねえ。主人もおそらく同じことになっているのではないかと存じますけど……」

月岡夫人はすでに「未亡人」となってしまったような、悲しい顔をした。いまさらどう慰めても意味がない。浅見はわざとらしい気休めを言わなかった。

「それで、浅見さんがお会いになった時、三喜子はどのような様子でございましたでしょうか？」

「えっ？」

今度は浅見が驚いた。

「そうすると、三喜子さんはまだあちらから戻っていないのですか？」

「ええ、もう出掛けましてから三日目になりますのに、その日に電話がございましたきり、連絡もして参りませんの」

「そうですか。犬山で僕と会ったのが二十七日ですから、あれからもう三日目ということですか。たしか三喜子さんは、そのあともう少し調べることがあるとおっしゃってましたが。女性の独り旅ですか……お母さんとしてはご心配なのではありませんか？」

「はい心配しております。主人がああいうことでございましょう。この上、娘にまで何かがあったりしましたら……」

想像するだけでも気が狂いそうだと言いたげな表情であった。

「三喜子は浅見さんとお会いしたあと、どちらへ行くとか、そのようなことは何も申しておりませんでしたでしょうか？」

「ええ、それはおっしゃらなかったようですが、おそらく名古屋のお知り合いか何かを訪ねられるのではないかと思ったのですが。電話もなさらないというのは、ちょっと心配ですねえ。いつもそういう方なのですか？」

「いいえ、たいていはどこへ参ってもきちんきちんと連絡してくる娘ですのよ」

「一人で旅行をするのは珍しいことではないのですか？」

「いいえ、それも初めてのことです。私はおやめなさいと止めたのですけれど、どうしても行くと申しまして。まあ、高桑さんにはずいぶんお世話になりましたから、本来なら私も行くべきところでございましたし、娘がそうまで言うのならと……でも、いまにして思えば行かせないほうがよかったと悔んでおりますの」

「いや、しかし何かが起きたというわけでもないのですから、そうご心配なさることはないでしょう。しかし、現地には高桑さんのお身内と一緒に行かれればよかったように思いますが、なぜそうなさらなかったのでしょうか？」

「ああ、それは、高桑さんには体のご不自由な息子さんがいらっしゃるだけですから」

「そうだったのですか」

浅見はその時になって、ようやく紅茶に口をつけた。

「ご主人——月岡さんと高桑さんとはずいぶん仲がよかったそうですが、どういうお友達だったのですか？」

「主人の子供の頃からの親友だそうですの。その当時、月岡の家は浅草のほうにございまして、高桑さんのお宅とはほんのわずか離れた場所だったたし、学校も学年も同じだったのだそうです」

「つまり、幼馴染《おさななじみ》というわけですか。そうすると、ずいぶん長いお付き合いということになりますねえ」

「ええ、私なんかよりは、高桑さんとのお付き合いのほうがずっと長いわけですわね。当時は戦時中でして、小学校ではなく国民学校といっておりました頃で、あなたのようなお若い方はご存じないと思いますけれど、学童疎開というようなものもございました。主人たちは白石《しろいし》へ疎開したのですけれど、高桑さんとはそれにも一緒に行って、同じ釜《かま》の飯を食べた仲間だとか申しまして」

「高桑さんの奥さんというのは、もう亡くなられたのですか？」

「いいえ、そうではございませんの。あまり人さまのことは申し上げにくいのですけれど、離婚なさったということです。ご病気の息子さんのことで、いろいろあったのではないかしら。『あいつも苦労が絶えない男だ』って、主人が悲しそうに申しておりましたことがございます」

「そうですか……気持ちの優しいご主人だったのですねえ」

言ってから、浅見は（しまった——）と思ったが、間に合わない。

「あ、失礼、軽率なことを言いました」

「いいえ、構いませんですわ、私どもも諦《あきら》めておりますの。警察はまだ主人が生きている可能性があると言っておりますけれど、とてもそうは思えませんものね」

「ところで、名古屋にはお知り合いはあるのですか？」

「いいえ、ございません。それは主人の仕事上のことで、どなたかいらっしゃるのかもしれませんけれど、私ども家族が存じ上げないくらいですから、親しいお付き合いの方はいらっしゃらないと思います」

「だとすると、三喜子さんはどういう目当てがあったのでしょうか？」

「さあ、さっぱり分かりません」

「犬山の警察で聞いたところによると、高桑さんも名古屋で誰《だれ》か友人に会うと言ってたようなのですが、いまだにその相手が誰なのか、摑《つか》めていないらしいのです」

「そうですの……でも、三喜子が高桑さんのおっしゃったお友達を知っているわけではないと思いますが」

「はあ、それはそうですね」

それにしても、三喜子はどこへ行ったのか――という振り出しに戻って、二人はしばらく言葉を途切らせた。

3

少し気詰まりな静けさを打ち破るように、どこかで電話のベルが鳴った。お手伝いの女性の応答する声が聞こえ、直後、足音が近づいた。

女性がドアから覗いて、「奥様、お電話です」と言った。

「どなたから？」

「あの、三喜子さんからですけど」

「三喜子から？」

月岡夫人は驚いてよろめくようにして部屋を出ていった。

ドアは閉まったが、浅見はすっと立って、わずかな隙間《すきま》をつくり、電話の声を聞いた。

「……パパが？……どこで？……大丈夫なの？……間違いないの？……」

そういった言葉が、気紛《きまぐ》れのように、切れぎれに聞こえてくる。長いと感じたが、実際は三分かそこいらだったのかもしれない。

受話器を置く音を聞いて、浅見はソファーに戻った。

やがて現われた夫人は、まるで幽霊でも見たような、白っぽい顔をしていた。

「お嬢さんはどこにいらっしゃいました？」

浅見は訊いた。

「はあ……」

夫人は煮え切らない返事をして、腰が抜けたように肘《ひじ》掛《か》け椅子《いす》に坐《すわ》った。

「失礼ですが、どういうお電話だったのですか？」

「………」

夫人はいよいよ不安そうに眉《まゆ》をひそめ、浅見の質問にどう答えるべきか、悩んでいる様子だ。

「当て推量を言ってすみませんが、月岡さん——ご主人が生きていらっしゃったというような電話ではなかったのですか？」

「えっ？……」

「お嬢さんはご主人に会うというようなことだったのではありませんか？」

「……」

「そうなのですね？」

「……」

「はっきりおっしゃってください、もしかすると、お嬢さんは大変危険な状態にあるのかもしれないのですから」

「危険……とおっしゃいますと？」

「下手をすると、お嬢さんまでが事件に巻きこまれかねませんよ。お嬢さんの身辺は警察が鵜《う》の目鷹《たか》の目で張っているところですからね、ご主人と接触するのは危険です」

「えっ、事件……。どういうことですの？」

「とにかく、いまは一刻を争わなければなりません。お嬢さんはどこにいるのですか？　どこでご主人と会うと言っておられたのですか？」

「………」

「急いでください、いまのうちになんとか手を打たないと危険です」

「あの、ほんとうに、危険な状態なのでしょうか？」

「もちろんですとも、危険ですよ、月岡家の浮沈《ふちん》にかかわる重大事態です。警察に逮捕される前に三喜子さんに知らせないと、取り返しのつかないことになります」

浅見は怖い顔をして夫人を睨《にら》んだ。

「三喜子はいま、岐阜グランドホテルにいるのだそうです。グランドホテルの地下にある『串《くし》の屋《や》』というお店です。それで……」

「分かりますよ、ご主人と落ち合う手筈《てはず》になっているのですね？」

「まあ、どうしてそこまでお分かりになるのですか？」

「いまはそのお話をしているひまはありません。ちょっと電話をお借りします」

浅見は勝手に部屋を出ると、電話のある方角へ急いだ。玄関ホールからリビングにつづくところにしゃれたデザインのプッシュフォンが置いてあった。

浅見は手帳を見て、犬山署の番号をプッシュした。交換の女性が出た。

「県警の鈴木警部をお願いします。東京の浅見という者です。急いでください」

背後で「まあ、あなた……」という、月岡夫人の非難めいた声がした。

「警察に電話なさっているのですか？」

浅見は夫人を完全に無視した。

電話のむこうに鈴木の声がした。

「鈴木ですが、何か？」

「このあいだお邪魔した浅見です、突然ですが、緊急の情報をお伝えしますので、すぐに行動してください、よろしいですか、岐阜グランドホテルというのがあるのを知っていますか？」

「ああ、もちろん知ってますよ、あの辺りじゃいちばんでかいホテルです」

「そこの地下にある『串の屋』という店に、高桑氏を殺した犯人が現われます」

「なに？　ほんとですかい？」

「ほんとです、いいですか、『串の屋』に月岡三喜子という女性がいますから、まず彼女を確保してください。そこから行ったのでは間に合わないでしょうから、最寄《もよ》りの所轄か派出所に依頼したほうがいいかも知れません。ただし、なるべく私服で行かないと、犯人を逃がすことになります」

「しかし、それは……」

「警部と議論している場合ではないのです。とにかくことは緊急を要しますので、ただちに動いてください、わけはあとで詳しく話します」

一方的に言って、浅見は目をつぶってガチャリと受話器を置いた。あとは鈴木警部が動くことを信じるのみだと思った。

「変に思ったでしょうが……」

背後を振り返って、夫人にことの次第を説明しようとしたが、そこには夫人の姿はなかった。その代りにどこかで話し声がする。あきらかに電話で話している感じだ。

（しまった――）

浅見はその声のするほうへ向かった。

リビングに面したドアは三つある。その一つのドアの向うから、夫人の声が洩《も》れてくる。籠《こ》もったような音だから、何を言っているのかはほとんど聞き取れないが、岐阜グランドホテルに電話して、三喜子を呼び出していることは間違いない。

浅見はドアのノブに手をかけたが、ロックされていて、ビクともしない。

「奥さん、だめですよ、逃がしてはだめなんです」

ノックしながら叫んだ。お手伝いの女性が何事かと飛んできた。

浅見は諦めた。この家に電話が一本だけというはずがないことを、もっと早くに気付くべきであった。

なかば放心状態で、リビングの木製の椅子に腰を下ろした。

やがてドアが開き、上気した顔の夫人が出てきた。そこに浅見の姿を見て、憎悪《ぞうお》と恐怖に満ちた目を真直《まっす》ぐに向けた。

「どうぞお帰りください、いろいろご心配おかけしましたが、娘はもうグランドホテルにはおりません。さ、加津子さん、お客さまはお帰りになるわよ」

「ちょっと待ってください、僕が警察に密告したことを怒っていらっしゃるのですね？　しかし、ああするよりほかに方法がなかったのです。そうしなければ、三喜子さんはきわめて危険なことになったのです。いいですか、落ち着いて聞いてくださいよ。あなただって、ご主人が高桑さんを殺したなんて思ってはいないでしょう？」

「あたりまえです」

「ほらごらんなさい、僕だってそんなこと、これっぽっちも思っていませんよ」

「でも、さっきあなたは高桑さんを殺した犯人がと……」

「そうですよ、高桑さんを殺した犯人と言いました。その犯人がどうしてご主人と結びつくのですか？」

「だって、三喜子は主人と連絡がつくと言ってましたのよ、つまり主人は生きているのですわ」

「だからって、高桑さんを殺したのがご主人だなんて、どうして思うのですか？」

「いいえ、私はそんなことは思いませんけれど、あなたは本心ではそう思っているのですよ。いえ、もし思っていないとしても、主人を警察に捕まえさせるために、高桑さんを殺した犯人と言ったのでしょう。そうすれば、あちらの警察が動くと思ったのね、そのくらいのことは私にも分かりますわ」

「参ったなあ……」

浅見は頭を抱えた。

「それではお訊きしますが、いったい三喜子さんは何て言ったのですか？　まさか、落ち合う相手がご主人だとは言ってなかったのじゃありませんか？」

「えっ？　いえ、私はそう聞いたつもりでしたけれど……」

「しかし、常識的に考えて、ご主人がホテルだなんて、そんな人目の多いところにノコノコ出てくるはずがありませんよ」

「でも、主人と会うのはホテルではありませんもの」

月岡夫人は、まるで勝ち誇ったような言い方をした。

「えっ？　なんですって？　ホテルじゃないのですか？」

浅見は絶望的な声を発した。

「ええ、違いますよ、ですからね、三喜子はいま、主人に会うためにそっちのほうへ向かっているところです」

「行き先はどこです？」

「知りませんわ、聞かなかったのですもの」

「奥さん……」

浅見は完全にお手上げだった。夫人は夫の危急存亡の時を救ったつもりでいる。

浅見がもう一度電話をかけようとすると、駆け寄って受話器を抑えた。もはや目はつり上がり、さっきまで赤みを帯びていた顔が青ざめてしまった。三喜子が「母は自殺しかねない状態」と言っていたのが思い出される。もしかすると、月岡夫人は多少、精神状態がよくないのかもしれない。

浅見は急いで邸を出た。塀の外にはまだ覆面パトカーがいて、浅見がただならぬ様子で飛び出してゆくと、両サイドのドアが開いて、刑事が二人、現われた。胡散《うさん》臭いやつだ、職務訊問《じんもん》をしてやろうとでも思ったのかもしれない。

浅見がソアラに戻ってロードマップを開こうとした時に、刑事がドアを開けた。

「ちょっとすみません、おたくさん、どちらさんですか？」

警察官の口調には独得のものがある。慇懃《いんぎん》にして無礼というやつだ。

「月岡さんのお嬢さんの知り合いです」

浅見はとっさに答えた、ぜんぜん嘘《うそ》というわけではない。

「名前と住所、教えてもらえませんか」

浅見は面倒くさいので、免許証を差し出した。刑事は手帳に控えている。

「お仕事は何をなさっているのです？」

浅見はいらいらした。早くしなければ三喜子の命が危ない。

「ちょっと待ってください、いま調べることがありますから」

地図で岐阜市街を見る。しかし岐阜グランドホテルがどこにあって、そこから三喜子がどこへ行こうとしているのかを推理するなんてことが、どうしてできようか。

「だめだ……」

浅見は地図を放り出した。それからふと思いついて、刑事に言った。

「おたくの車から警視庁に連絡が取れますか？」

「警視庁？」

刑事はびっくりした。

「そうです、警視庁ですよ。いや、警視庁経由で岐阜県警か愛知県警に連絡できればいいのですが、どうですか？」

「そんなこと突然言われたって、困りますなあ、いったい何ごとですか？」

「何でもいいからですね、とにかく岐阜県警に言って、県内のパトカーをいっせいに巡回させてもらうようにですね……」

言いながら、浅見は虚《むな》しくなった。一介のフリールポライターがわめいたところで、そんなことができるはずもない。

「岐阜県警は警視庁の管轄外ですから、そういうことは無理ですな」

刑事は浅見の絶望を知ってか知らないでか、真面目《まじめ》くさった顔で言った。

「もし岐阜県警に指令を出す必要があるならば、警察庁から発令するということになりますよ」

「警察庁？……」

浅見の頭の中に兄の顔が浮かんだ。と同時に、雪江未亡人のしかめっ面も現われた。その一つを抹殺して、浅見は車を飛び出すと、公衆電話を求めて走りだした。

「あんた、ちょっと待ちなさい、あんた」

刑事が追ってきたが、浅見は脚には自信がある。ぐんぐん引き離して、表通りに出たところで煙草《たばこ》店に赤電話を見つけた。

警察庁の番号をかけ終えたところに、ようやく刑事が追いついた。

「あんた、なぜ逃げるのだ？」

「逃げやしませんよ」

「しかし……」

その時、交換手が出た。浅見はほとんど怒鳴るように言った。

「浅見刑事局長を頼みます、僕ですか、僕は弟です」

何か言いかけた刑事の顔色が変わった。

4

母親から電話で「すぐそこを出なさい」と言われてからも、しばらくの間は三喜子はまだ岐阜グランドホテルにいた。

「浅見という人が警察に通報して、あなたとそれから、あなたと待ち合せをする相手の人を逮捕するようにって……」

電話で母親はそう言っていた。とにかく何でもいいからその場を逃げ出しなさいと、こっちの質問を聞くゆとりもないほど慌てていた。

浅見といえばあの犬山で会った青年だ。（なんだってあの男が？――）と思ったが、そんなことを話しているひまはないらしい。三喜子はともかく「串の屋」を出ることにした。出るには出たが、とっさにどうすればいいのか判断できない。

相手の「男」とは「串の屋」で会うわけではない、「串の屋」にいてくれ、電話で連絡する――というのが男の指示だったのだが。その指示を守らないと、どういうことになるのか、そのことが心配だった。

それに、いくら警察が手配したって、広いグランドホテルの中で、しかも大勢いるお客の中で、誰が月岡三喜子なのか分かるはずがないだろうと思った。

二月二十七日に、三喜子は犬山に来た。その前日、夕方のニュースで高桑の悲報を見た時、驚愕《きょうがく》と同時に父の「事件」との関連を思わないわけにはいかなかった。

高桑は名古屋へ行く前の晩に、月岡家を訪れている。

「明日、名古屋へ行きます。月岡君の消息にちょっと心当たりがないこともないので、少し歩いてくるつもりです」

そう言っていた。

「心当たりって、何ですか？」

三喜子が訊くと、「いや、期待されるようなものではないのですよ」と苦笑しながら、手を顔の前で左右に振った。

「昔の友人があっちのほうにいることが分かったと、月岡君が話していたのを思い出しましてね」

「なんていう人ですか？」

「木暮《こぐれ》というのだけど、あなたたちは知らない人ですよ」

高桑はあまりその人物のことを話したがらない様子だった。そのことが、いまにして思うと少し気にはなる。

「名古屋から帰ったら、いずれご報告にお邪魔しますよ」

高桑は眼鏡の奥の目を細め、人懐《ひとなつ》こい笑顔で会釈して帰ったが、それが月岡母娘《おやこ》にとっては高桑雅文の見納めになった。

事件のニュースを聞いた時、三喜子はすぐ母親に「犬山へ行くわ」と言った。

高桑の息子は体が不自由で、独りでは出歩けない状態だった。おそらく事件後の処理は高桑の会社の人たちがするのだろうけれど、三喜子はじっとしていられなかった。

「いまあなたが行ったりしたら、かえって面倒なことになりますよ」

母はそう言って止めたが、三喜子はせめて、高桑の死んだ場所に花を捧《ささ》げることぐらいはしたかった。

それに、高桑が言っていた「木暮」とかいう人物のことが気になった。ことによると、高桑が殺されたのは、父の行方を尋ねたための「事件」なのかもしれないではないか。

しかし、そのことは母には黙っていた。ひょっとして父が生きていて、あの「強盗事件」が警察やマスコミが邪推しているように、父の狂言であったりしたら——という危惧《きぐ》が働いた。

犬山で事件現場に花を捧げたあと、浅見というおかしな青年に会った。父の事件以来、身辺を絶えず誰かが窺っているような気が、ずっとつきまとっている。その一人と勘違いして殴ってしまった。犬山ではそのことを謝ったけれど、もしかすると、あの青年だって、やはり本当はそういう連中の一人なのかもしれない——といまでも思っている。

犬山から名古屋に出て、高桑の会社の営業所を訪ねた。オフィスは貸しビルの三階にある。営業所は総勢でも二十人そこそこの規模らしい。

高桑の「事件」は会社にとっても降って湧《わ》いたような災難だったろう。月岡家がそういう目に遭ったように、マスコミの人間や警察の質問攻めで、仕事も手につかなかったにちがいない。

そのせいか、三喜子に対する応対もあまり感じのいいものではなかった。営業所次長という肩書の男に会い、父親が高桑の友人であることだけを告げ、お悔やみのようなことを言ったが、なんだか迷惑そうな顔をされただけであった。

それでも三喜子はめげずに、「木暮」という社員がいないか訊いてみた。

「そういう社員はいません」

次長はあっさり言った。

「会社関係の外部の人に、そういう名前の人はいらっしゃいますか？」

「そりゃあんた、木暮さんなんていうのは、そう珍しい名前じゃないですからね、うちの社で付き合っている人の中にも、何人かはいると思いますよ。しかし、どういう木暮さんのことを言っておられるのですか？」

「あの、高桑さんのお知り合いの方ではどうでしょうか？」

「高桑さんの？　いや、彼は名古屋勤務をしたことがありませんからね、付き合いのある人はいないんじゃないですか？」

それ以上は訊きようがなかった。

「高桑さんは犬山で殺されたのですけど、犬山へは何をしに行ったのか、ご存じありませんか？」

「ああ、警察でもね、さんざんそのことを訊いて行ったが、友人に会いに行くということ以外は、誰も知らないのですな。行き先は犬山とは言っていなかったようだが」

「どこへ行くっておっしゃったんですか？」

「いや、はっきりはしないのですがね、あそこにいる彼女の話によると、岐阜行きの名鉄線のことを訊いていたそうですよ」

次長は少し離れたデスクの女性を指差して言った。詳しいことは彼女に訊いてくれという態度で、さっさと仕事に戻ってしまった。

その女性も次長と同じことを言った。

「警察にもそう言いましたけど」

これ以上の面倒はごめんだと言いたげであった。

「岐阜ですか……」

「でも、岐阜へ行ったのか、途中のどこかへ行ったのかは知りませんよ」

女性はそう断った。

地図で見ると、名古屋—岐阜を結ぶのは名鉄名古屋線で、途中には一宮《いちのみや》という大きな街がある。

それにしても、犬山とは六十度ほど方角が違う。岐阜行きの電車のことを訊いた高桑が、なぜ方角違いの犬山に行ったりしたのだろう。

営業所を出て、名鉄の名古屋駅へ行ってみることにした。

地下街を歩いていて、何気なく振り返った時、物陰にスッと隠れる男がいたような気がした。その男の姿は、犬山の駅でも見掛けたような気がした。

（また誰かが尾行《つけ》ているのかな――）と思ったが、それほど驚きはしなかった。ある程度、神経が麻痺《まひ》しているのかもしれない。犬山からずっと、そんな予感みたいなものを感じてもいたのだ。あの浅見とかいう男がずっと尾行《つけ》てきているのだろうか。あるいは刑事という可能性もあった。

その夜は名古屋に泊まった。駅から少し離れてはいるが、大きなきれいなホテルであった。夕方近くに部屋に落ち着いて間もなく、外部から電話がかかってきた。聞いたことのない男の声であった。

「月岡さんのお嬢さんですね、私はお父さんの友人で、吉野という者です」

低い、掠《かす》れたような声で名乗った。

「いま、お部屋にはあなた一人ですか？」

「はい」

「それでは申し上げますが、じつは、お父さんからの伝言を頼まれまして……」

「えっ？」と三喜子は叫んでしまった。

「あの、父は生きているのですか？」

「もちろんです」

吉野は重々しく言った。

「どこに、あの、父はどこにいるのでしょうか？」

「それは電話では申し上げられません。この電話は盗聴されている可能性がありますからね」

「え？　ほんとですか？」

三喜子は反射的に室内を見回した。

「わかりませんが、可能性はあります。あなたがそのホテルに泊まったことは、すでに警察はキャッチしていますからね」

「えっ？　じゃあ、警察が盗聴しているのですか？　警察がどうしてそんなことをするのでしょう？」

「それはもちろん、あなたがお父さんに会いに行くに違いないと思っているからです」

「だって、私は父の居場所なんか知りませんし、それに、第一、父が生きているなんてこと、あなたにお聞きするまで知らなかったのですもの」

「警察はそうは思っておりませんよ。あなたが旅行するといえば、必ずお父さんに会いに行くだろうと信じていますからね」

「そんなの、ばかげてますわ」

「しかし、冗談ではないのです。現実にあなたのお父さんがこの付近にいるのだし、あなたに会いたがっているのですから」

「父が……だけど、父はいったいどうしてあんなことをしたのですか？　やっぱり、マスコミが疑っているように、あれは偽装殺人だったのですか？」

「それは私の口から申し上げるべきことではありません。すべてはお父さんの口から、直接お聞きください」

「分かりました、それで、父に会うにはどこへ行けばいいのですか？」

「それは私がご案内します。明日の朝、もういちど連絡しますので、その指示に従って動いてください。ただし、私が許可するまで、どこにも連絡しないように。それと、言うまでもないことですが、お父さんのことは誰にも喋《しゃべ》らないでおいてください、そう、お母さんにもです。いいですね、常にあなたの周囲には警察の監視の目と耳があると思っていてください」

それが第一回の指示であった。

5

（パパが生きている――）

この驚くべき事実に、三喜子は喜びと同じ程度の困惑を覚えた。

（それじゃ、パパの車に流されていたあの血痕は何だったのかしら？――）

やはり父は殺人事件を偽装したのだろうか。そうして保険金を家族に残して、自分は永久に身を隠していようというのだろうか。

（なぜそんなことを？――）

三喜子は身もだえをするほど、父のそういう愚行が納得できなかった。そんなにまでしていい暮らしをしたいとは思わない。借金があるなら、あの家を売ればよかったのだ。

しかし、ともかく父は生きていて、会いたいと言っている。娘として、父の必死の努力を水の泡にすることはできない。父を説得して警察に出頭するようにするかどうかは、父に会ってから決めればいいのだ。

三喜子は「吉野」と名乗った男の言うとおり、次の指示があるまで言動に細心の注意を払った。東京の母に電話を入れたが、「今晩名古屋に泊まる」とだけ言って、父のことも吉野のことも黙っていた。

そういう目で見ると、ホテルの中で会う人々が、誰もかれも刑事に見えてくる。食事をとる時以外は、レストランにも行かないで、じっと部屋に籠もりっきりにしていた。

吉野からの電話は、約束どおり翌朝にあった。

「ホテルを移動してください、岐阜の長良川《ながらがわ》のほとりに岐阜グランドホテルというのがありますから、そこに泊まって、次の指示を待ってください。警察の目がしつこくて、なかなか連絡を取りにくくなっています。十分に身辺に気をつけて、誰にも気付かれないように行動してください」

「分かりました、吉野さんの言ったとおりにしています。それで、あの、父はどこにいるのですか？　どうして父から直接に連絡してくれないのですか？」

「残念ながら、お父さんは怪我《けが》をしておられるのです。車の中の血痕をご覧になったでしょう」

「じゃあ、あれはやっぱり父の……」

「そうです、ちょっとした手違いで、ひどい傷を負うことになってしまったのです。しかし生命に別状はありませんから安心してください。ただし、絶対安静が必要な状態なのです。それだけに私も苦労しているのです。警察に勘づかれると、逃げようがありませんからね」

「あの、岐阜へ行くということは、つまり父はそっちのほうにいるということなのですね？」

「まあそういうことです、盗聴の危険があるので、詳しいことは言えませんが、岐阜県内にいるとだけは言っておきましょう。ですから、心配しないで、私の言ったとおりに岐阜へ行ってください」

三喜子は十時前にチェックアウトして、岐阜へ向かった。名古屋から岐阜までは、名鉄名古屋線で三十分の距離だ。

新岐阜駅で降りてタクシーに乗った。「岐阜グランドホテル」というとすぐに分かって走りだした。長良川沿いにいくつもの旅館、ホテルが妍《けん》を競っている。岐阜グランドホテルはその中でも一際宏壮《こうそう》で、長良川越しの正面には岐阜城のある金華山が聳《そび》える、またとない立地条件だ。

ホテルの部屋は取れたが、まだ、午後二時以降のチェックインの時間には、かなり間があった。三喜子はそのことをうっかりしていた。十二階のラウンジで時間をつぶすことにしたけれど、部屋に入るまでのあいだに、「吉野」からの連絡があるのではないかと気が気ではなかった。

季節はずれだから客は少ないらしい。眺望のきく窓際の席を独り占めにしていても、それほど気兼ねすることはなかった。眼下に見る長良川は、早春の陽射《ひざ》しをキラキラと浮かべて、その向うのくろぐろとした金華山との対比が美しい。ウェイトレスが「このすぐ前のあたりが鵜飼《うかい》の本場です」と教えてくれた。

「この次は、ぜひ鵜飼のシーズンにお越しください」

そう言われたが、三喜子は鵜飼という風習はあまり好きではなかった。

「あれ、鵜が可哀相《かわいそう》ですね」

そう言った。

「綱で首を引っ張られて、人間に操られるなんて惨めだわ」

「はあ、でも、綱をつけないと、鵜が迷子になってしまいますから」

ウェイトレスは幼稚なことを言って、オホホホと笑った。

三喜子は笑えなかった。「迷子」というのが、父の失踪《しっそう》を連想させた。家族との絆《きずな》を断ち切って、いったい父はどこへ行ってしまったのだろう。

(パパはなぜ?――)という思いが絶えず三喜子の脳裏を去来している。あの事件の前日まで――いや、あの日の朝まで、父には何の変化も見られなかったのだ。ふだんどおりにパンにバターを塗り、砂糖を入れない紅茶を飲んでいたのに――と信じられない想《おも》いだけが湧いてくる。

母はそれ以上にショックだったろう。二十五年も付き合って、夫のことが何も分かっていなかったと知った時、母は自分の、少なくとも半生に関しては自信を喪失《そうしつ》したにちがいないのだ。

(いっそ、本当に死んでいてくれたほうがよかったのかもしれない――)

三喜子は気持ちのどこかで、チラッとそんなことを考えて、慌てて周囲を見回した。昼食の時間までコーヒー一杯とジュースで粘ったが、さすがに長時間テーブルを占領しているのは気がひけた。それにお客も立て込んできたし、三喜子は追われるようにラウンジを出た。

地階に降りると和食の店が二軒あった。一つは「串の屋」という、炉端焼きの店、もう一つは「美濃路《みのじ》」という純和風割烹《かっぽう》の店であった。店の名を見て、（ああ、ここは美濃の国なんだわ――）と思った。父が太閤記《たいこうき》の愛読者で、三喜子が子供の頃、しきりに講釈をしてくれたものだ。

「おまえが男の子だったらなあ」

いくら熱心に語っても、あまり戦《いくさ》ごとに興味を示さない三喜子に、しきりにそう言ってこぼしていた。

父に言わせると、太閤記のもっとも面白いくだりは、やはり木下藤吉郎《きのしたとうきちろう》時代で、ことに美濃攻めのあたりが最高だそうだ。墨俣《すのまた》に一夜城を築いたり、稲葉山城に一番乗りをして金の瓢簞《ひょうたん》を振りかざしたりした武勇伝とその周辺の話は、睡眠薬代りに何度聞かされたことか。だから三喜子の情操教育は、どちらかというと男の子向きのカリキュラムに偏《かたよ》っていたといえる。三喜子の負けん気はそのせいなのかもしれない。

稲葉山城（または金華山城）は現在の岐阜城である。さっき見ていたあの山の上にある城を巡って、甲冑《かっちゅう》をつけた武将が走り回った日があったのだ。

それから何百年経《た》ったのだろう。近代的なホテルのラウンジで、父親の消息に胸を傷める娘が、その山を眺めている――などという情景は、その頃の人々にはとても想像できなかっただろうなあ――と、三喜子は無意味な空想が湧いた。

その店で「美濃路定食」というのを食べた。ふつうの和定食に鮎《あゆ》の煮付がついた程度で、どこが「美濃路」なのかな――と思うようなものだが、その時の三喜子にとって、料理の内容など、どうでもいいことであった。

そうこうしているうちに、チェックインのできる時間がきた。三喜子は部屋に入って、ひたすら「吉野」からの連絡を待った。

連絡は九時過ぎにあった。ただし指示された内容は「明日の朝、十時に連絡する」というものであった。それ以外のことは何も言わずに電話は切れた。

電話から時間が経てば経つほど、三喜子は次第に不安になった。焦燥感がさまざまな妄想を招いた。「吉野」と名乗った男を信用していいものかどうかさえ、本当のところ確信がないのだ。その相手の言うがままに時間を過ごしていることも不安であったし、さりとて吉野の指示に逆らって、父の安全を脅かすことになるのは、もっと恐ろしかった。

翌朝、十時きっかりに吉野から電話があった。

「地階に『串の屋』という店があります。店は十一時にオープンするからそこに入って、軽い食事でもしていてください。十一時半までには電話で連絡して、お父さんとの待ち合せ場所を指定します」

三喜子は「はい、はい」と吉野の話を聞いてから、最後に「父は大丈夫なのですね？」と訊いた。

「ああ、大丈夫ですよ」

「あの、ちょっと父の声を聞かせていただけませんか」

「いや、それはだめですよ。ここはお父さんのいるところから離れているのですから」

「じゃあ、父は電話もないような場所にいるのですか？」

「まあそういうことです、それじゃ」

吉野は慌ただしく電話を切った。

三喜子はすぐに部屋を出た。昨日までとは違う服を着た。そんなことで刑事の目をくらますことができるとは思わなかったが、ヘアスタイルもちょっと変えてみた。

チェックアウトをすませて、十一時、指示どおり地階の「串の屋」に入った。開店したばかりの店はなんとなく寒ざむしい感じがした。

メニューを見て、三喜子は「お茶漬を」と注文した。何でもいい、べつに食べるつもりもなかった。そんなことより、これから先どういう展開になるのか、三喜子の不安はいよいよつのるばかりだ。

店内に鵜飼のポスターが貼《は》ってある。大きな篝火《かがりび》に顔を赤く染めた鵜匠が綱を持って、数羽の鵜を操っている図柄だ。

——綱をつけていないと、鵜が迷子になります——。

ラウンジのウェイトレスの声が、ふと蘇《よみがえ》った。

(ほんと、迷子になりそう——)

そう思った。

「迷子」は父ばかりではないのだ。考えてみると、吉野の言うがままに動いている自分は、誰にもその行動を知られていないことになる。かりに吉野が悪《わる》だったとしたら、月岡三喜子が忽然《こつぜん》と消えても、「彼女」を探す手掛りは何も残っていないわけだ。

三喜子は暗い夜の河に漂う黒い鳥を思った。いまの自分がそれだと思った。

店の入口に赤電話があった。赤電話ならホテルの電話と違って直通である。吉野が懸念《けねん》するような盗聴される気づかいはない。三喜子は決断して自宅のダイアルを回した。

母が出ると、三喜子は受話器を隠すようにして、できるだけ小声で喋った。

「いまね、岐阜グランドホテルにいるの。地階の『串の屋』というお店で、吉野っていう人からの連絡を待っているのだけど、その人がね、パパが生きているって」

「えっ？　パパが？……どこで……」

母は驚いて大声を出した。その声が受話器の外に洩れはしまいかと、三喜子が心配するほどだった。

「どこなの、どこで？……」

母はせきこんで聞いた。

「それはまだ分からない、吉野さんがパパの居場所を知っていて、これから会いに行くところなの」

「大丈夫なの？」

「大丈夫よ」

「間違いないの？」

「間違いないと思うしかないじゃない。だけど、警察が鵜の目鷹の目で探っているらしいから、あまり長く電話していられないの。それじゃ、詳しいことはまたあとでね」

まだ何か訊きたがっている様子を感じたが、三喜子は受話器を置いた。

それから席に戻ってほんの二分か三分経過した頃、店内にある電話が鳴った。ホテルの館内電話になっているらしい。電話に出た店の者が、しばらく応対してから三喜子のほうを見た。

ほかに客はなかった。

「お客さん、月岡さんですか？」

三喜子は走って行って受話器を取った。吉野かと思ったら、母親の声が出た。いきなり「三喜子、急いでそこを出なさい！」と悲鳴のように言った。

6

混乱ぎみなので、言っていることがよく分からなかったが、どうやら、あの犬山で会った浅見という男が、警察に通報したらしいことだけは分かった。

三喜子はせっかく運んできたお茶漬にも手をつけず、支払いだけをして店を出た。

店の女が妙な顔をしていた。

ロビーに上がって、様子を窺ったが、警察が来ているのかどうか、はっきり分からない。ロビーや喫茶ルームに屯《たむろ》している男の何人かは刑事らしく見えた。

吉野からの連絡は入ったのだろうか。これからどうすればいいのか、判断がつかない。ロビーの片隅の、ちょっと引っ込んだところに隠れて、三喜子は動けなかった。

その時、玄関を入ってきた男を見て、三喜子は（あの男――）と思った。

男がこっちへ向かってきそうなので、三喜子は慌てて壁の裏側へへばりつくようにかくれた。サングラスをかけているし、少し俯《うつむ》き加減に歩いているので、はっきりは分からないが、全体の印象が一昨日、地下街で尾行されていたように感じた、あの男のように思えた。

男は三喜子が潜んでいるところから、ほんの数メートルのところにある館内電話の前に立ち、受話器をとったらしい。館内電話ということは、つまり客室か、それともホテル内のどこかの店に電話しているにちがいない。

――月岡さんというひとを――

男がそう言ったように、三喜子には聞こえた。

(この人が吉野さん？――)

一瞬、三喜子は飛び出しかけて、思い止《とど》まった。吉野だとしたら、なぜ一昨日、あんなふうに尾行しなければならなかったのだろう。

男は電話でしばらく話していたが、「分かった」とブスッとした声で言って受話器を置いた。

しばらく間があって、男が歩きだす気配があったので、三喜子はほんの少し顔を出して、様子を窺った。その時、玄関を数人の男たちが足早に入ってきた。明らかにふつうの職種ではない。三喜子の目にも刑事だと映った。

彼等《かれら》はフロントに行って何事か話してから、左右に散って、片方はエレベーターの前に陣取り、残りは階段に向かった。

「吉野」らしい男は、その連中を尻目《しりめ》に、玄関を出て行った。

三喜子は金縛《かなしば》りにあったように動けなかった。

（どうする、ミキ！）

自分を叱咤《しった》した。いま「吉野」を逃せば、父の行方は永久に見失われるような気がした。かといって、刑事の監視の中に飛び出す危険を冒していいものかどうか、判断ができなかった。

老婦人が三喜子の脇《わき》を通りかかった。三喜子はスッと彼女に寄り添った。

「あの、失礼ですけど、変な男の人につけられているんです。玄関までご一緒させてください」

老婦人はびっくりしたけれど、臨機に応じてくれた。刑事はこっちを見たようだが、動く気配はなかった。

三喜子が玄関を出ると、「吉野」はすでにはるか先の駐車場に停めてあった車に乗り込むところだった。三喜子は老婦人に礼を言って小走りにそこへ向かおうとしたが、数歩もいかないうちに、吉野の車はスタートしてしまった。

玄関前には数台のタクシーが客待ちをしている。三喜子は先頭のタクシーに乗った。

「あの車を追い掛けてください」

運転手に言った。

「えっ？」

運転手は面食らったが、とにかく車を出した。

「何ごとですか？」

「あの車、うちの主人なんです、どこへ行くか見届けたいんです」

「ははあ……」

運転手はバックミラーの中でニヤリと笑った。浮気亭主を尾行する焼餅《やきもち》女房――という構図を想像してくれたようだ。

しかし、「吉野」の車にはなかなか近づけなかった。走りだした時点で、すでに数台の車が間に入っていた。道は堤防沿いの一車線で、むろん追い越し禁止区域がえんえん続く。信号一つ遅れると見失う可能性があった。

車がどこをどの方角へ走っているのか、三喜子にはさっぱり見当がつかない。長良川を遡《さかのぼ》っているようにも思えるし、違う川のような気もする。

「運転手さん、いまどっちに向かっているのですか？」

「いまですか？　いまは関《せき》のほうへ向かっていますけど」

「関っていうと？」

「関の孫六《まごろく》で有名なところだけど、お客さんは若いから知らないかな？」

「ええ、知りません」

「そしたら、刃物の町といったほうがいいかな。関の孫六という刀鍛冶《かたなかじ》がいた」

そう言われても、三喜子にはピンとこなかった。しかし、「吉野」の車は停まる気配もなく、その関の市街地も抜ける様子だ。

「さあ、どっちへ行くのかな、右へ行けば美濃加茂市から多治見《たじみ》、左へ行けば、高山か、それとも美濃市、八幡《はちまん》……」

運転手はいくぶんカーチェイスを楽しんでいるように、はしゃいだ口調で言った。行き先を見届けるのだから、追いつく必要はないし、遠ければ遠いほど料金は嵩《かさ》む。

車は進路を左に取った。運転手が言った美濃、八幡の方角である。

「この道はどこまで行っているのですか？」

「どこまでって、世界の道はローマに通じるというとこまではいかないけど、八幡、白鳥《しろとり》から峠《とうげ》を越えれば福井県まで行きますよ」

三喜子は不安になってきた。行き先もだが、財布の中身が、である。タクシーのメーターはグングン上がる。このまま走り続けたら帰りの交通費も危なくなる。

「もういいわ」

美濃市に入ってまもなく、ついに三喜子は諦めることにした。

運転手は残念そうに車を停めた。吉野の車は見るまに遠ざかった。

第三章　和紙の里

1

浅見は成城警察署で岐阜《ぎふ》からの報告を待っていた。

覆面パトカーの刑事は、相手が警察庁刑事局長に電話して、「弟」と名乗った時から、態度がガラリと変わった。もっとも、最初のうちは半分以上、ハッタリの可能性も考えていた気配がある。

しかし、浅見のほうから「所轄署へ連れて行ってください」と頼むにいたって、これは本物だ――と思ったらしい。

本来なら、浅見はよほどのことがないかぎり、兄のことは隠しておくのだが、この際はそんな贅沢《ぜいたく》は言っていられなかった。

月岡三喜子の身の上が心配だった。

浅見は彼女の父親が生きているはずはない——という確信のようなものがあった。事件のことを、必ずしも詳しく知っているわけではない。警察もマスコミも「偽装殺人」を疑っていることも知っている。だが、それでも浅見の勘として、月岡は殺されてしまったという事実は動かせないとしか考えられなかった。

その父親に会えるかもしれない——と、三喜子は何者かに接触しようとしている。

(罠《わな》だ——)

直感的にそう思った。どういう目的かは知らないが、そういうあり得ない情報で釣ろうとする行為が罠でないはずがない。冷静に考えれば、三喜子にだってそのくらいのことは分かりそうなものである。

いま三喜子は冷静を欠いている。「父親の消息」というエサしか、彼女の目には入らないのかもしれない。たとえ微《かす》かな疑念を感じたとしても、それを打ち消すほどの力が彼女を罠に引っ張っている。

それが浅見にはヒシヒシと感じられた。

まもなく、警察庁経由で、岐阜県警からの第一報が入った。

――指示のあった月岡三喜子はすでに岐阜グランドホテルおよび、同ホテル地階の「串《くし》の屋《や》」を立ち去った模様。なお、同人と接触する旨、指示のあった男性についても特定するにいたらず。

(遅かった――)

浅見は唇を嚙《か》み締めた。やはり三喜子は母親の電話にすぐに反応したのだろう。それに、罠を仕掛けた男も、逸早《いちはや》く警察の動きを察知して逃走したにちがいない。

だいたい、あの刑事ヅラはなんとかならないものだろうか――と浅見はなかば八つ当りのように思った。まったくの話、額の真中に「刑事」のワッペンを貼《は》ったような顔をしている刑事が多い。暴力団関係専門の捜査第四課の刑事など、どちらが暴力団員か分からないような、ゴツイ連中ばかりだ。

(三喜子ははたして「罠」にはまったのだろうか?――)

結局、午後三時まで待ったが、岐阜県警からの続報は特に有力なものはなかった。要するに警察は三喜子も相手の男も、ともにキャッチすることができなかったのだ。

兄に電話して事態を説明した。

「どうする？　まだ捜索を継続してもらうかね？」

陽一郎は訊《き》いた。

「いや、それは無理でしょう。二人の行方を追うには岐阜県警ばかりか、愛知、滋賀など、隣接県にまで動員をかけなければ完璧《かんぺき》は期せないと思います。そこまでやってもらうほど、確かな情報はないのですから」

現実に事件が発生してもいないのに、警察の組織を動かすことの難しさは、浅見は十分すぎるほど知っている。今回は岐阜警察署だけが刑事を数名出動させたにすぎないのだが、たとえ兄の力を借りるにしても、これくらいが限度だと思った。

浅見は成城署の連中に丁重な礼を言って、引き上げることにした。刑事たちばかりか、署長までが「刑事局長」に気を遣って、あまりくどくどしい説明を求めなかったのが、せめてもの救いであった。

帰路、浅見は月岡家に立ち寄った。しかしインターホンのボタンを押しても、ついに中からの応答はなかった。浅見は一方的に、まるで捨《す》て台詞《ぜりふ》のように言った。

「もし三喜子さんから連絡がありましたら、僕なり警察なりに必ず知らせてください」

それを実行してくれるかどうかは、まったく自信がなかった。
自宅に帰り着いても、気持ちは落ち着かなかった。いま美濃路《みのじ》で何かが起きている
――という想《おも》いがしきりに湧《わ》いた。何か得体の知れない不吉な予感が、黒雲のように
押し寄せてくる。
長い夜であった。浅見はいくつもの不快な夢に驚かされた。
ドアを叩《たた》く音で目が覚めた。お手伝いの須美子が「坊ちゃま、電話ですよ」と呼ん
でいる。相変わらず、大の男を摑《つか》まえて「坊ちゃま」と呼ぶ癖を直そうとしない。
電話は思いがけないことに、月岡夫人からであった。
「あの、昨夜遅く、娘から電話がありまして、無事でいるという……」
「どこからですか？　一人、ですか？」
浅見は急《せ》き込んで訊いた。
「現在は一人でおります。昨日、父親の居場所を教えるという人をタクシーで追い掛
けたのですが、見失ってしまったのだそうです。そんなことで、お金が足りなくなっ
たので、送ってくれるようにと申しておりました」
「それで、そのことを僕に知らせろとおっしゃったのですか？」

「いいえ、そうではないのですけれど……」

夫人は言い淀《よど》んだ。

浅見は辛抱づよく待った。

「娘はもう少しあちらで父親の消息を探してみると申しておりますのですが、じつは、どうしたらよいのか分からなくて、浅見さんにご相談しようと……それに、昨日はまことに失礼なことをいたしましたけれど、娘のことが心配で……」

「分かりました。すぐに現地へ向かうことにします。とにかく三喜子さんの居場所を教えてください」

「はい、それはお教えしますけれど、ただ、警察には……」

「分かってますよ、昨日は特別の事情があったから警察に頼みましたが、三喜子さんがわけの分からない人物と接触したりしないかぎりその必要がありませんからね」

「そうですか……それではあの、娘のいるところを申し上げますけれど、娘はいま岐阜グランドホテルにおりますそうで」

「えっ？　また戻っているのですか。それじゃ、例の人物が連絡してくるのを待つつもりなのですね。それは危険だなあ……とにかくですね、お母さんの口から、浅見がそちらへ行くまで、みだりに出歩かないようにとおっしゃっておいてください」

月岡夫人は三喜子が母親の言うことをきくかどうか、自信がないというようなことをくどくどと言っていた。

時計は八時を回った。ホテルのチェックアウトは十時か十一時か、そのあと、三喜子がグランドホテルにいるつもりかどうかは分からないが、とにかく急いで行くよりほかはない。

浅見は車を諦《あきら》めて新幹線を利用することにした。

名古屋で在来線の特急に乗り換えて、十一時三十五分に岐阜に着いた。岐阜駅からタクシーに乗った。タクシーのラジオがちょうど正午の時報を鳴らした時、車は岐阜グランドホテルの正面玄関に滑り込んだ。

フロントに行き、月岡三喜子は投宿しているかどうか訊いた。

「はい、昨夜からお泊まりいただいております。もうご一泊なさるというふうに承っております」

「いまどこにいるか分かりませんか？」

「さきほど喫茶ルームのほうに行かれたようでしたが」

フロント係はロビーの逆サイドにある喫茶ルームを指差した。

浅見は礼を言って、その方向へロビーを横切って行った。

喫茶ルームといっても、ロビーの延長のように、簡単な仕切をしただけの一角である。テレビが正午のニュースをやっていた。

客はチラホラ程度、三喜子の姿は遠くからでもすぐに分かった。浅見はほっとして、足取りも軽くなった。

その時、三喜子が立ち上がって、両手で口の辺りを抑えたかと思うと、「いやーっ」というような悲鳴を上げた。

浅見はギョッとした。毒を飲まされた——と、一瞬、思った。実際、三喜子は椅子《いす》を倒しながら、自分もよろよろと脱力したような感じで床に崩れ折れた。

浅見は最後の十メートルばかりを突っ走った。足下で椅子だかテーブルだかが引っ繰り返ったような気がしたが、彼の目には三喜子の姿しか見えてなかった。

三喜子はカーペットの上にうち伏して、完全に失神状態にあった。浅見は脈を確かめ、恐る恐る覗《のぞ》き込むウェイトレスに向かって怒鳴った。

「医者だ、医者を頼みます」

三喜子の脈はほぼ正常であった。瞳孔《どうこう》も反応する。この分なら、単なる一時的な貧血かもしれない。

ほっとした浅見の耳に、テレビの音声が聞こえた。

「……月岡さんは先月なかば頃、東京で起きた事件で、二億五千万円相当の現金、貴金属類とともに行方不明になっていたもので、警察では月岡さんがなんらかの事件に巻き込まれたものとみて、捜査を進めております。では次のニュース……」

ニュースの前半は聞いていないが、月岡和夫に関係する「事件」を報じたものであることは間違いない。そして、三喜子はそのニュースを見て失神したのだ。

（月岡は殺されていた――）

やはり――と浅見は思った。

（いつ、どこで、どんなふうに？――）

床の上の三喜子を抱きながら、浅見はテレビを睨《にら》みつけていた。

2

月岡和夫の死体が発見されたのは長良川《ながら》に架かる美濃橋のやや下流の岸辺であった。この日の朝十時頃、美濃橋を自転車で渡っていた高校生が発見して、一一〇番通報をしたものである。

美濃市には警察署はない。市内に警部派出所があるのと、各集落に駐在所が点在しているだけだ。所轄は隣の関市にある関警察署ということになる。

派出所から三人の警察官が駆けつけて、とりあえず遺体が現場から流れ出さないように確保して、関署からの応援を待った。

警察が調べたところ、死体が着ていたスーツのポケットに免許証と名刺が入っていた。免許証は被害者本人のものであった。

——月岡和夫——

これが東京で起きた宝石「強盗」事件の被害者であると分かって、警察とマスコミは大騒ぎになった。

すぐに警視庁と成城署を経由して、月岡の自宅にも連絡したのだが、生憎《あいにく》、月岡家は留守であった。お手伝いの加津子という女性はいたのだが、月岡夫人と娘には連絡がつかないということであった。

このところ寒さが続いたせいか、遺体の腐乱はそれほど進んでいなかったが、月岡は死後すでにかなりの日数を経ていて、おそらく東京での事件直後には死亡していたものと推定された。死因は背後から心臓にたっする刺傷があり、大量出血による失血死と考えられた。

現金はもちろん、貴金属類なども一切所持していない。つまり、月岡和夫は純粋に被害者であることが証明されたかたちだが、捜査員の中には、まだ多少の疑いを持っている者もあった。月岡は「強盗事件」を偽装したが、その際、故意にか誤ってかはともかく、仲間の持ったナイフで傷を負った。その後、仲間の車で逃走したが、結局、手当てをすることができないまま死亡するに至った――というものである。

いずれにしても、東京の事件から半月間、月岡（または彼の死体）はいったいどこに隠れていたのか。そして、なぜこんな遠いところまで運ばれてきたのか――というのは謎《なぞ》であった。

ところで、浅見と月岡三喜子は午後一時頃、美濃市に到着している。浅見にとってはつい先日、和紙の取材で訪れた街である。その美濃市をこういうかたちで再訪することになるとは、思いもよらなかった。

美濃にやって来るまで、浅見は美濃市に警察署があるものとばかり思っていたのだが、タクシーが街に入ってから道を聞いて、はじめて警部派出所しかないことを知った。それでも念のために派出所を訪ねると、やはり捜査本部は関警察署のほうに設置されるという。二人はすぐに関へ逆戻りすることになった。

もっとも、月岡の遺体はすでにその時には岐阜市内にある大学病院に運ばれ、司法解剖に付されていたから、ここでも月岡父娘《おやこ》の対面は果たされなかった。

三喜子は関署でひととおりの事情聴取を受けたあと、警察の車で岐阜の病院へ向かうことになった。世田谷の自宅でも、母親が帰宅して悲報を受け、すぐに新幹線で岐阜へ向かったということであった。

「その前に、遺体の見つかった場所にお花を手向《たむ》けさせてください」

三喜子は警察に頼んで、ふたたび美濃市へ行き、父の遺体が発見された川辺を訪ねた。雪解け水で長良川の流れは早く、見るからに冷たそうだった。

地元の人が置いたものだろうか、川辺には花束が供えられ線香の燃えかすがあった。その脇《わき》に、三喜子は花束を置いて、長いこと手を合わせていた。父親の死は既定のこととして心の準備ができていたはずなのに、さすがに現実のこととなってみると、悲しみは新たに湧いた。

川土手から振り返ると、美濃の市街地が一望できた。高いビルなどのない、穏やかな街だ。北のほうには小倉公園という城址《しろあと》のある小高い森が広がっている。

「なぜこんなところで……」

三喜子は思わず呟《つぶや》いた。なぜこんなところで独り寂しく死んでいなければならなかったのか──。父の無念を思うと、悲しみよりも悔し涙が溢《あふ》れてくる。

三喜子は岐阜へ向かったが、浅見はそのまま美濃に残った。最初に現場に駆けつけた派出所の警部補に会って、話を聞くことにした。派出所は市街地の北のはずれに、消防署とくっつくようにしてあった。

名称は「警部派出所」となってはいても、ボスは長富という警部補で、坊主頭の陽気な男だった。浅見を被害者の身内と理解して、わりと率直に捜査の状況を教えてくれた。

月岡の遺体は現場で投棄されたものではなく、どこか上流の橋等《など》から投げ捨てられたものと考えられた。

「美濃橋のすぐ上のところで、長良川の本流と板取川というのが合流しているのですがね、そのどちらに投棄されたものか、いま目撃者探しの聞き込みを行っております。しかし、なかなか出にくいでしょうなあ」

長富はあっけらかんとした口調で言った。

「板取川というと、蕨生《わらび》のほうから流れてくる川ですね」

浅見は言った。

「そうそう、よく知ってますなあ」

「ええ、じつはつい四日ばかり前、和紙づくりの見学で蕨生を訪ねたばかりだったものですから」

「ああ、そうだったのですか」

「あの道を、川に沿ってさらに遡《さかのぼ》るとどこへ行くのですか?」

「板取村ですよ、人口は二千ちょっと、キャンプ場なんかがあるだけの、小さな村です。そこから先はだいたい行き止まりみたいなもんです」

「そういうところだと、余所者《よそもの》がウロウロしていれば、人目につきやすいでしょうね」

「でしょうなあ、ですからね、たぶん長良川の本流に捨てたセンが強いと思いますよ。それも、おそらく夜間でしょうなあ」

「犯人像ですが、土地鑑のある者かどうかについてはどうお考えですか?」

「まあ、ぜんぜん知らん者ではないでしょうけどね、川に投棄する程度なら、あまり土地鑑がなくても関係がないと思いますがね」

関署での事情聴取に対して、三喜子はすでに「吉野」と名乗った男と、木暮という名前についても話してある。ただし、その二人がどういう人物であるのかという説明はかなり曖昧《あいまい》なものにならざるを得なかった。

現実に「吉野」らしい人物をみかけたのは、三喜子とホテルのフロント係だけで、それもきわめて頼り無いものだ。

中肉中背、中年、頭髪は禿《は》げてはいなかった。眼鏡はかけていなかった——という程度では、第三者には人相を特定しようがない。三喜子でさえも、もう一度この目で見て、まちがいないと言えるかどうか、確信はないと言っているくらいだ。

「この土地の人間であるという可能性もあるわけですよね」

浅見は長富警部補に言った。

「もちろんその点も考慮に入れて捜査を進めておりますよ。美濃市在住の吉野と木暮という人物について、徹底的に洗い出しをやっております」

「美濃市には、そういう名前の人は多いのですか？」

「いや、早い話、少ないですな。電話帳で見ても、吉野さんが二軒、木暮さんが一軒しかいません。いまのところ、該当しそうな人物は発見できていないようですなあ」

「隣接市町村はいかがでしょう」

「目下調べておる最中ですが、そっちも同様に期待できそうにありません」

「そうですか……」

浅見は溜息《ためいき》をついて窓の外を眺めた。美濃の町並みはかつて城下町であった面影を残し、細い道が入り組んでいるのだそうだ。そのそこかしこに、奇妙な形の瓦《かわら》屋根が見えた。

「変わった屋根ですねえ」

浅見は言った。

「ああ、あれですか、あれはウダツですよ」

長富は言った。

「ウダツというとウダツが上がらない——という、あれですか？」

「そうそう、そのウダツです。あれがそうなのです。この美濃という町はウダツのある町と言っとるのですよ」

「ウダツのある町ですか？」

「ああいう、屋根の上にもう一つ小さな屋根があるみたいなの、あれをウダツというのですけどね。あれは単なる飾りではなくて、まあ、言ってみれば防火壁みたいな役割をするのだそうです。ああいうウダツが上がっているのは、金持の家だけなのですな。そこで、われわれのような貧乏人のことを『ウダツが上がらない』というようになったということなのですなあ」

「へえー、そういうことだったのですか」

浅見は初耳だった。

「つまり、『ウダツ』はステータスシンボルであったというわけですね」

浅見は面白そうに言った。

「そうすると、現代のウダツは何ですかね。さしずめ外車なんかがそうですか。それに宝石……」

言ったとたんに月岡和夫のことを連想してしまった。宝石、貴金属類は価値観の定まらない世の中では、究極の拠《よ》り所といえるのかもしれない。浅見はまったく無縁だけれど、少なくとも、そう信じて宝石の蒐集《しゅうしゅう》に血道を上げる人たちが存在するのだ。

その時、若い刑事が長富に本庁からの連絡を伝えにきた。

「いましがた、月岡三喜子さんによって、ホトケさんの身元が確認されたそうです」

「そうか」

長富は軽く頷《うなず》いた。浅見は遺体と対面した三喜子の気持ちを思いやった。

「それから、浅見さんにも伝言ですが」

刑事は言った。

「月岡三喜子さんはお母さんと一緒に岐阜グランドホテルに泊まるそうです」

「分かりました」

浅見は言って、立ち上がった。

「もう行きますか、そしたら駅まで送りましょう」

長富は気さくに言ってくれた。

「いや、近いですから、街の様子を見ながら歩いて行きます」

「それじゃ、私もご案内がてら、駅まで付き合いますよ」

どこまでも気のいい男のようだ。

駅は「名鉄美濃町線」の美濃駅と「長良川鉄道」の美濃市駅とがある。「近い」と言ったが、駅まではかなりの道程《みちのり》であった。市街の外郭を通るバイパスではなく古い街中の道を行くと、いろいろな店や旧家が軒を連ねていて、結構楽しめる。

長富警部補は美濃市の出身なのだそうで、通りがかりの人とも顔馴染《かおなじみ》だ。歩きながら、とめどなく町の自慢話をした。

さすがに美濃だけあって「和紙」の店や、和紙を使った工芸品の店が多かった。

浅見はふと、犬山の事件で使われた凶器を包んだ和紙を思い出していた。思い出したとたんに、犬山へ行く気になった。

「ここから犬山へ行くにはどう行ったらいいのでしょうか?」

長富に訊いてみた。

「犬山ですか?　ええと、そしたら長良川鉄道で美濃太田まで行き、そこから高山本線に乗り換えて鵜沼《うぬま》、鵜沼から名鉄小牧線で犬山――というルートですかな」

さすがに地元の警察官だけあって、地理には詳しい。

「犬山へ行くのですか？」

「ええ、ちょっと寄ってみたくなりました」

「そういえば……」と長富は思い出したらしい。

「犬山の明治村でも、たしか東京の会社員が殺された事件が起きていますよ」

「ええ」

浅見はきびしい表情になって言った。

「殺された高桑という人は、月岡和夫氏の親友ですよ」

「え？　ほんとですか？」

長富は人の好い顔を曇らせて、浅見の顔を見つめた。

3

犬山署の「明治村殺人事件捜査本部」に行くと、捜査主任の鈴木警部は浅見を見て

「あれ？」と言った。

「あんた、このあいだの……」

「ええ、先日はお邪魔しました」

浅見は笑顔を見せた。

「驚いたなあ、あんたが来る時は決まって事件が起きるね。たったいま連絡があって、あんたが言っていた例の月岡という人物、その男が美濃で死体で見つかったそうだ」

「知ってますよ、僕はいま美濃の現場から来たところですから」

「えっ、そうか、じゃあ、あっちの事件にも顔を出したっていうわけだ。いったい、どういう人なのかね、事件のたびに現場に出現するというのは？」

「正確に言うと、事件が起こったあとに――ですがね」

「あたりまえでしょうが、事件の前から現場にいたら、あんた、犯人だよ」

警察官にしては面白いジョークだったが、自分の言ったことが気になったらしく、鈴木は薄気味悪そうに浅見の顔を覗き込み、それから「まあかけなさい」と折り畳み椅子を出してくれた。

「話がだいぶややこしいことになってきたみたいだねえ。この分だと、警視庁がらみの合同捜査ということになるかもしれん」

鈴木は言った。さすがに主任捜査官を務めるだけあって、捜査の広がりに対する展望がしっかりしている。

「こちらの捜査はその後、進展しているのでしょうか？」

浅見は訊いた。

「うーん……そう言われるとねえ、つらいところですなあ。どうもいまいち、はっきりせんのですよ。手掛り難でしてねえ」

「あの凶器ですが、出所は分かったのですか？」

「いや、まだですな。あのテのクリ小刀《こがたな》を作っているところは、いまどきないのだそうです。十年前ぐらいまでは関でも製造していたそうだが。現在はもっとカッコいいやつにモデルチェンジしたという話でした」

「あの和紙はどうでした？」

「和紙？」

「ほら、凶器を包んでいた紙です」

「ああ、あんなものは珍しくもなんともない、美濃あたりに行けばいくらでもあるんじゃないのかな」

「じゃあ、出所を特定しなくてもいいのですか？」

「いいも何も……」

鈴木警部は呆《あき》れた顔をした。

「何も印刷されてないし、ただの紙ですよ。特定しようがないじゃないですか」

「そうでしょうか？」

「へえー、あんた、あれがどうにかなるとでも言うのですかい？」

「いえ、どうなるかなんて分かりませんが、ルーツを辿《たど》ると、どこかへ繋《つな》がっていくのではないかと思いまして」

「ふーん……」

鈴木は多少、気になってきたらしい。浅見をまじまじと見た。それに応《こた》えるように浅見は言った。

「じつは、美濃の和紙づくりの人を知っているのですが、いちど、その人にどこの誰《だれ》が漉《す》いた和紙か、訊いてみたらどうかと思うのですが」

「そんなこと訊いたって、分かりゃしないでしょうに」

「そうかもしれませんが、だめでもともと、訊いてみてもいいのではないでしょうか?」

「そりゃまあ、訊くくらいならどうってことはないでしょうがね」

鈴木はしばらく考えてから、「よし」と言って、近くにいた刑事を呼んだ。

「きみ、例の凶器を包んでいた紙な、あれを持って、この人と一緒に美濃へ行ってきてくれや、行き先とか目的なんかはこの人の指示に従って動いてくれ」

浅見が刑事に先導されて部屋を出ようとした時、鈴木が追ってきた。

「ちょっと待った、私の車で行こう、パトカーを使うのはいろいろ面倒だからね」

犬山市と美濃市はほんの隣みたいなところだが、他県である。愛知県警のパトカーが岐阜県内を走るのは気がひけるということなのだろう。それとも、地元署に挨拶《あいさつ》したりするのが面倒なのかもしれない。しかし、本当の理由は、鈴木自身、浅見の持ち込んだ話に興味を抱いたからにちがいなかった。

浅見はこの日、三度、美濃市を訪問することになった。ただし今度は市街地を通過して、板取川に沿って遡った。

蕨生《わらび》の古田行三宅に着いたのは午後五時、すでに山間《やまあい》のこの辺りは薄暗くなりはじめていた。外気もかなり冷たい。

古田は浅見の用件を聞くと、とにかくその紙を見てみようと言ってくれた。

「和紙にはそれぞれ、紙漉きの癖みたいなもんがあるからな、違いは分かるが、しかし、自分の漉いた紙なら分かるが、他人の漉いた紙を、どこの誰と分かるかどうか、あまり自信はないが……」

そう言いながら、刑事がビニール袋から出した和紙をためつすがめつ眺めている。

「これは、たしかに手漉きの本和紙だが、美濃の和紙ではないな」

古田はいきなり結論めいたことを言った。

「えっ？」

浅見は即座に飛びついた。

「美濃の紙ではないのですか？　それが分かるのですか？」

「ああ、分かるな。美濃で漉いた紙とは風合いが違う」

「どう違うのですか？　具体的に言うと」

「具体的と言われても困るな、説明できるようなもんとはちがうで。とにかく美濃のものでないことはたしかだ。それに、かなり年代が経《た》っているのでないかな」

「年代……というと、何年ぐらいですか？」

「そこまでは分からんが、十年や二十年は経っとるな」

「そんなに？　ずいぶんしっかりしているように見えますが」

「そりゃ、手漉きの和紙だもの、しっかりはしとるが、色がな、少し褪《あ》せているでよ。これが機械で漉いた和紙だったり、洋紙だったりすると、赤茶けてくるところだが」

「なるほど、本物の手漉き和紙は赤くならないのですか」

そういえば、古文書などに使われている紙は赤くなっていないことに気付いた。

「どうなのでしょう、この紙がいつ頃、どこで、誰の手で漉かれたものか、調べる方法はないものでしょうか？」

「うーん、そりゃあ難しい問題だが……まあ、まったく不可能というわけでもないけれどなあ」

「えっ？　方法があるのですか？」

「ああ、しばらく預からせてもらえれば、調べてみてもいいが」

浅見は鈴木警部を振り返った。

「いかがです警部さん、預けてもいいのじゃありませんか？」

「いや、それは困るな……」

鈴木は渋い顔をした。

「一応、証拠物件でもあることだし」

「そんなこと言って、ぜんぜん証拠品扱いしていなかったじゃないですか」

浅見はつい辛辣《しんらつ》な口をきいてしまった。鈴木はますます仏頂面をした。そうまで言われては、警察の立つ瀬がないという顔だ。

「警部、古田さんは国が指定した無形文化財、つまり人間国宝ですよ」

浅見はいささかオーバーに言った。

「その古田さんが預かるとおっしゃっているのを、疑うのはよくないのじゃないですかねえ」

「いや、べつに疑っているわけではないのですがね」

鈴木はしぶしぶながら「和紙」を古田に預ける決心をした。

「ただし、扱いにはくれぐれも細心の注意を払ってください。何しろ殺人事件の証拠物件ですので」

くどく念を押したのが気に入らなかったらしい、今度は古田がヘソをまげた。

「そんな面倒なもん、わしは預かりたくないな、止《や》めにしときましょう」

それを宥《なだ》めすかすのが、またひと苦労であった。こういう役回りは浅見は子供の頃から慣れている。常に賢兄を立て、自分を矮小化《わいしょう》して見せて同情を引き、周囲を丸く収めるのは、いわば天性のテクニックだ。

しまいには古田も折れて、快く鑑定を引き受けてくれることになった。ただし、鑑定結果がいつ出るか、確約はできないという。

「ときどき電話でもしてくださいや、そのうち出来とるかもしれないで」

頼りないことを言った。

そこから岐阜グランドホテルまで、浅見は鈴木警部の車で送ってもらった。

「あんた、面白い人ですなあ」

別れぎわに鈴木は苦笑しながら言った。

「ときどき憎たらしいことを言うが、憎めない、トクな性格してますよ。また会えるといいですなあ」

「たぶん、近いうちに会えますよ、あまり歓迎されないかもしれませんがね」

浅見も笑って、鈴木の手を握った。

ホテルのフロントへ行って月岡母娘《おやこ》の部屋を聞き、電話をした。三喜子が受けて、すぐにロビーに出てくるという。その間に浅見は自分の部屋を取っておいた。

三喜子はいくぶん憔悴《しょうすい》した感じだったが、ショックからは完全に立ち直っている様子だった。

「十二階にラウンジがあるんです、とても景色がいいから、そこへ行きましょうよ」

意外なほど明るい声で言った。

「母も誘ったんですけど、横になっていたいって言うんです。やっぱり、夫婦だから、ショックも大きいんですね、きっと」

ラウンジは半分ほどの席が埋まっていた。紫色の淡い明かりと静かな音楽が漂い、そこかしこから、若いカップルのひそやかな囁《ささや》きが聞こえてくる。岐阜の街の明かりも美しくて、なかなかいいムードなのだが、浅見と三喜子にはそれも無縁だ。

「とてもお世話になってしまって、何てお礼を言っていいのか分からないくらいです」

テーブルに向かいあいに坐《すわ》ると、三喜子は心をこめて言い、両手を膝《ひざ》に置いて、深々と頭を下げた。

「いや、そんなふうに言われると、困ってしまうなあ」

浅見は心底、当惑した。

「前にも言ったように、僕は半分は好奇心でやっているんですから」

「私ってばかだから、それをまともに信じて、怒ったりして、恥ずかしくて……」

「怒って当然ですよ、僕みたいな行儀の悪い人間は、怒られるのには慣れてますから、気にしないでください」

ウェイターがオーダーを取りにきた。三喜子は飲物を頼み、浅見は軽い食事を取ることにした。

「例の『吉野』らしい男のことですが、美濃まで追い掛けたのでしたね？」

「ええ、もっと追えばよかったんですけど」

「いや、それは仕方がないでしょう」

「でも、せめてナンバープレートぐらい確認すればよかったんです」

三喜子はしきりに悔やんだ。

「しかし、その人物が果して犯人かどうかは分かりませんからね、あまり気にしないほうがいいですよ」

「でも、もしかすると、あの車の中に父がいたのかもしれないのですもの」

「そんなこと考えだしたらきりがないですよ。人生、何もかもそんなにうまくはいかないものです。僕なんかしょっちゅうその悲哀を味わっていますからね、多少の挫折《ざせつ》はへいちゃらです。われに七難八苦を与えたまえ――ですよ」

「あ、それ、山中鹿之助《やまなかしかのすけ》ですね」

「ほう、よく知ってますね」

「女のくせにって言いたいのでしょう。父が話してくれたんです、そういう戦国時代の話ばっかり……」

三喜子は抑えていたものが鼻にツンときたのか、視線を逸《そ》らして窓の外を見た。

4

浅見が「探偵ゴッコ」で駆けずり回っているのを、苦々しく思っている人物は、犯人をべつにしても、この時期、二人はいた。

一人はいうまでもなく浅見の母親・雪江未亡人である。もう一人はF出版社の編集者・宮沢だ。浅見が自宅を留守にしているあいだ中、ひっきりなしに電話が入っていたらしい。

「煩《うるさ》くて仕方がありませんでしたよ」

お手伝いの須美子嬢は、浅見の顔を見るなり、「お帰りなさい」の代りに、トゲのある声で言った。

「いけねえ」

浅見は須美子に向けてペロリと舌を出した。宮沢に依頼されている、例の和紙についての原稿は、たしか今日が締切りであった。

浅見はすぐにF出版社に電話を入れた。

「あ、浅見さん、できましたか、それじゃ、これから原稿、もらいに行きますよ」

こっちが何も言わないうちに、先制パンチを繰り出してきた。

「もうちょっと待ってください」

浅見は懇願した。

「それはないでしょう、旅行してたそうじゃないですか。今度はどこの社の取材です？　まあ売れるのはいいけど、うちのをちゃんとやってからにしてくださいよ」

「あ、そういう言い方はひどいな、僕がいったいどこへ行っていたと思っているんです？　美濃へ行っていたのですよ、美濃へ」

「え？　また美濃？」

「そうですよ、和紙のこと、いまいち掴めなくてね、それでもう一度と思って。たとえば宮沢さん、紙を見て、それがどこの土地の誰の手で漉かれたかが分かる——なんて、そういうこと、知ってましたか？」

「いや、知りませんよそんなこと。そうなの、和紙にもいろいろあるんだ」

「そうですよ、和紙といっても美濃ばかりじゃないんですから」

「ふーん、ほかにどこがあるんです？」

「それは……あれですよ、いろんなところですよ、つまり、日本全国各地ですね」

詳しく訊かれると困ると思ったが、宮沢はあっさり納得した。

「そうでしたか、美濃へ行っていたのですか、それは感心感心。内容のあるリポートが期待できそうですねえ。しかし、原稿のほうは急いでくださいよ、あと一日待つことにしますからね」

せめてあと三日——と思ったが、編集者に情け容赦を期待するほうが間違っているというものだ。浅見はやむなく、本業のほうに精を出すことにした。

調べてみると、紙の歴史というのは深遠なものであることが分かる。

紙——paper——の語源であるエジプトのパピルスから始まって、羊皮紙、中国の木簡《もっかん》、竹簡《ちっかん》それに布等々、紙以前の「代用品」の歴史だけでもかなりのものだ。

紙漉きの技法はやはり中国で発明されたものだそうだ。火薬でもなんでもそうだが、中国四千年の歴史はラーメンだけではないのである。

ただし紙漉きの技術を磨き上げたのは日本であった。紙の伝来は五世紀か六世紀か、とにかくそのあたりらしいが、原料や製法に改良を加え、たちまち本家中国を凌《しの》ぐ製品を生むようになる。どうやら、わが日本国は太古より模倣と改良に長《た》けた器用な国民性であったにちがいない。

和紙の主たる原料はコウゾ、ミツマタ、ガンピなどの植物の繊維である。中国などの原産品も似たようなものを使っていたと考えられる。ところが「和紙」の違うところは、それらの繊維をつなぎ、あるいは絡ませるための独特の工夫がなされていることだ。それはネリと称《よ》ばれるトロロアオイの根やノリウツギの樹皮などから取れる粘液を、原料を溶かす水に入れ、水の性質を変えてしまうという技法である。

これによって、原料の繊維が溶液中に均等に浮遊し、すぐに沈澱《ちんでん》するのを防ぐことができる。そして簀《す》の上で水をはげしく揺り動かして、繊維と繊維を絡め、薄くて丈夫な紙を漉くことが可能になるわけだ。

しかも、ネリはノリとちがって接着剤ではないので、漉き上げた濡れ紙を何枚も積み重ねても、重石をかけて水分を切ったあと、一枚ずつ簡単に剝《は》がすことができる。

このネリの発明こそが、わが国の「和紙」の隆盛に結びつき、ひいては平安朝の絢《けん》爛《らん》たる文化を花開かせたといってもいい。

――というようなことを、浅見は生まれてはじめて知ることになった。日本独自の流麗《りゅうれい》なひらがな文化は、ひょっとすると、豊富な和紙の供給があってはじめて可能だったのかもしれないのだ――と考えると、なんだか、ひどく厳粛な気分になってくる。

その和紙も、しかし、洋紙の普及とともに衰退の一途を辿る。和紙がもっとも隆盛をきわめたのは明治三十四年で、当時の手漉き和紙生産者数は六八、五六二戸、昭和十六年には、一三、五七七戸、昭和五十年には副業者も含めて八八七戸――という数字になっている。むろん現在はさらに減少しつつあるにちがいない。

だ。

浅見は美濃の古田行三宅の貧しげなたたずまいを思い浮かべた。日本が誇るべき和紙の技術が、じつはああいう零細な家業の人々によって、かろうじて守られているのだ。

（無形文化財か――）

浅見は現実にこの目で見、耳で聞いた事実を「義憤」という名のネリで繋ぎながら、徹夜でワープロのキーを叩きまくった。

「いいですね、面白い、冴《さ》えてるじゃないですか」

翌日、朝っぱらから原稿を取りにきた宮沢は、一気に読み下して上機嫌であった。

「さすがにワープロですねえ」

例によって余計なひと言をつけ加えて、帰って行った。

午前中いっぱい眠るつもりでベッドに潜り込んだが、浅見は妙に目が冴えて眠れなかった。少し早すぎるかな――と思いながら、美濃の古田に電話を入れてみた。

「まだですよ」

古田はあっさり言った。浅見も催促がましいことは言わずに、「また電話します」とだけ言った。

ベッドに仰向けになって天井の少しくすんだボードを見ていると、さまざまな想いが去来する。

事件の全体像は浅見なりに見えてきてはいる。

まず、第一の事件——月岡和夫が貴金属とともに失踪《しっそう》した事件は、犯人「X」が月岡自身の仕組んだ「偽装強盗事件」であるように見せかけた、正真正銘の「強盗事件」だったと思う。

おそらくその時点で月岡は殺害され、犯人の車のトランクに入れられ、運び去られたと考えてよさそうだ。

犯人はそれから半永久的に月岡の死を隠しておくつもりだったにちがいない。警察も犯人の思惑どおり、半分以上、月岡の「偽装強盗殺人事件」を疑っていたのだから。

ところが犯人にとっての第一の蹉跌《さてつ》は、月岡の親友・高桑雅文が動きだしたことだ。もっとも、高桑に犯人の目処《めど》がついていたのかどうかは、かなり疑わしい。もし知っていれば、警察に届けるはずだし、かりに疑惑が濃厚であれば、少なくともみだりに犯人に接近することはなかったと思われる。

だが、高桑は無防備にも犯人に接近し、逆に月岡の二の舞いを踏むことになってしまった。

犯人は高桑が接近したというだけのことで、あたかも危険を察知したごとく、高桑を殺した。

しかし、この殺人方法はどう考えても稚拙だし、それ自体、犯人にとってかなり危険なものだったとしか思えない。

まず犯行の現場が明治村というのは、いかにも大胆すぎる。いくら夕刻近くの、客足が途絶えた頃を見計らったにしても、それならそれで、ゲートを出る時に目撃され、人相等を記憶される危険性が強いではないか。

ただし、警察の話によると、目下のところ明治村の職員に、それらしい人物を目撃したという報告はないらしい。もっとも、職員にしてみれば、よもや客の中に殺人犯がいるなどとは思ってもいないのだから、いちいち客の顔を記憶しておくはずがない。

現実はそのとおりだが、犯人がもし周到な配慮の持ち主であれば、やはり目撃される危険のあるような場所での犯行は、ちょっと考えそうなものではある。

かといって、突発的な、あるいは衝動的な犯行というのも考えにくい。やはり、犯人には何かあの場所を選ぶ理由や背景があったと考えるべきだろう。

それは何だろう？――

浅見は目を閉じて、明治村のあの現場を思い浮かべた。いくつもの古い建物、チンチン電車、灯台……それらが靄《もや》にけぶったようになって、いつしか眠った。

5

美濃の古田行三には、浅見は何回も電話を入れた。しかし古田の答えはそっけなく「まだです」という短い答えであった。

三度めには「どうもよく分からん」という言葉がつけ加わった。

四回めの電話――つまり数日後に電話した時も、浅見としてはそれほどいい答えを期待はしていなかった。

「分かったですよ」

古田は言った。

「えっ？　分かりましたか？」

「ああ、分かるには分かったが、どうもよく分からんところがあるのです」

古田はなんだか歯切れの悪い、もって回ったような口振りだ。

「とおっしゃると、どういうことなのでしょう?」

「まず、その前にこの紙の特徴を言っとくとですな、原料であるところのコウゾの繊維が短いのです」

「はあ」

「これは寒冷地の特徴ですな、愛媛《えひめ》あたりのものだと、発育がいいものだから、繊維がもっと長い」

「なるほど、しかし、美濃も結構寒いのではありませんか?」

浅見には先日の雪の記憶が新しいので、そう言った。

「昔はですな、昔はたしかにこの辺りの山のコウゾを使っておったので、繊維は短かったのですが、いまは違う。茨城《いばらき》県産のものを使っているのです。その点は加賀の紙も同じ茨城のものを使っているので、繊維はこれほど短くはないのです」

「なるほど、分かりました」

「そういうわけであるからして、このコウゾを使うのは、新潟県小国《おぐに》の江口ミンさん、宮城県白石《しろいし》の遠藤忠雄さんかのいずれかだと思うのです」

「はあ」

「この二人の作品は、いずれもあったかくて、風合いのすばらしい作品で、よく似通ったところがあるのだが、若干、遠藤さんのほうが白さが勝っているのです。わしの勘では、どうもこっちのほうに近く思えますな」

「では、白石の和紙ですか？」

「そう思ったのだが、必ずしもそうとは言い切れないようなところがありましてな」

「どういう点が、ですか？」

「それはわしには分からんですよ、知りたければ、白石の遠藤さんに訊いたらいいでしょう」

「分かりました、そうします」

「そしたら、あんたのところへこの紙を送ってやるが、それでいいですかい？」

「あ、そうですね、お願いします」

浅見は一瞬、犬山の鈴木警部を思ったが、構わずそう言った。

「白石か……」

古田の電話を切ってから、浅見は独言《ひとりごと》を呟いた。「白石」という言葉に、何かしら引っ掛かるものを感じた。以前、どこかで聞いたことがあるような——。

もちろん、宮城県の白石という地名を知らないわけではない。しかし、それとはべつの意識の底に、「白石」という言葉があるような気がした。

誰かが、どこかで「白石」と言うのを聞いたような——。

結局、浅見はその記憶の正体を見極めることができないままになった。

古田からの宅配便は次の日の午前中に届いた。白石市役所の観光課に聞くと、遠藤忠雄の住所はすぐに分かった。東北新幹線の白石蔵王《しろいしざおう》駅で降りて、タクシーに乗るのがいちばん早いと教えてくれた。

新幹線なら二時間ほどで行ける。浅見は車をやめて列車で行くことにした。三時までには訪問できそうだ。

列車が北上するにつれ、浅見はまたしても「白石」という語感にこだわりを覚えた。「白石」に何か特別な意味があるように思えてならないのだ。

(白石に知人がいたかなあ?……)

いくら思い出そうとしても、何も出てこない。白石という土地そのものは、列車や車で通過した以外、一度も行ったことがない。

宮城県白石市は県のほぼ南端にある。東北自動車道でも東北新幹線でも、かならず通るところだ。温麵《うーめん》の産地として有名で、スーパーマーケットなどで売っているいわゆる乾麵の袋に「白石市」の文字が印刷されているから、とくに東京付近に住む人たちにはお馴染だろう。浅見もその程度のことは知っていたが、和紙の産地であるということは、もちろんまったく知らなかった。

福島を過ぎると行く手に蔵王連峰が見えてくる。山頂付近に雪を載せているが、思ったほどその量は多くない。やはり今年は暖冬だったのだろうか。

白石蔵王駅で降りて、駅前からタクシーに乗った。教わったとおりに「遠藤忠雄さんのところ」と言うと、「ああ和紙のおじいさんですね」と、すぐに通じた。

新幹線の白石蔵王駅は市街地を東に出はずれた所にある。車は街の中を突っ切って行くわけだ。人口は四万ほどだそうだが、市の中心部にはビルも建ち並び、なかなか活気のある街である。土産物店には必ず「白石和紙」の文字がみられた。

市街を出て、白石川に沿って蔵王連峰のふところに入ってゆくような道を十分ばかり走った。

鄙《ひな》びた集落の中の、農家そのもののような藁《わら》屋根の家が遠藤家であった。老人と中年の女性が二人、紙を張った板を庭先に立て掛ける作業をしていた。

遠藤忠雄は、一見したところ八十歳を越えたような老人であった。美濃の古田行三のことはよく知っていた。年に一度か二度、全国の紙漉き名人ばかりが集まる会合があるのだそうだ。

「あの人は真面目《まじめ》な人ですなや」

遠藤老人は懐かしそうに目を細めた。

浅見は簡単に事情を説明して、持参した紙を出した。老人は拡《ひろ》げた紙をじっと眺めたり、親指の腹で紙の弾力を確かめたりして、長いこと物も言わない。

「これは白石の紙だな」

モソッと言った。

「えっ？　それじゃ、遠藤さんが作った紙ですか？」

「いや、おらではねえすよ」

「は？」

「おらにはこれだけの立派な紙は漉けねえだもんな」

老人は溜息をついている。

「しかし、それでは、いったい？……」

浅見は老人が何を言おうとしているのか、分からなかった。

「この紙だば、おらの祖父《じい》さまが漉いたもんだべな」

「お祖父さん、ですか」

「んだ、まんつ間違えねえすな、何十年も経って、こんだけの味のある紙つうたら、祖父さま以外には漉く者はいねかったべな」

「というと、この紙は何十年も前に漉かれた紙なのですか？」

「んだべさ、おらの祖父さまは三十年前に死にましたで、少なくとも三十年以上は昔に漉いたもんであること間違えねえすよ。しかし、よくこの紙が出てきたもんだなや」

遠藤老人はしみじみと言った。

「あんたさんは、この紙をどこで手に入れただや？」

「はあ、じつは、ある人が持っていたものを借りてきたのです」

「どこの人だね？」

「たぶん、名古屋の人だと思いますが」

妙な言い方だが、仕方がない。

「名古屋かね？」

老人は首を傾《かし》げた。

「なして名古屋まで行ったもんかなや。祖父さまの紙はおらの家にも少しっきゃ残ってねえくれえ少ねえだが、どこの誰が持っておっただかなや」

「そんなに少ないのですか？」

「少ねえだな、この種類の紙はとくに少ねえだよ。てえげえは美術紙とか、紙衣《かみこ》用の紙を漉くことが多かっただ。こんたら純粋に良質の紙を漉くことは、祖父さまでもなかなか珍しいことだったもんね」

老人は紙をかざすようにして、

「まんつ立派なもんだなや、何十年経っても少しも古くなんねえだ」

門外漢の浅見にも、伝統工芸の素晴らしさは納得できるような気がしてきた。

しかし、肝心の疑問に対する答えはさっぱり出てこない。

「あの、ちょっとお訊きしますが、こちらに残っているお祖父さんの紙を、最近、誰かに譲ったというようなことはありませんか？」

「そんたらこと、あるわけがねえですよ。もし祖父さまの紙があれば、おらが手に入れてえくらいなもんだ」

言って、老人は浅見に向かって首を突き出した。

「あんたさん、この紙をおらに譲ってくれねえべか？」

「いや、これはだめですよ」

浅見は慌てて紙を引っ込めた。そんなことをしようものなら、たちどころに鈴木警部に逮捕されるに決まっている。

「んだか、そら残念だなや」

老人はいまいましそうに、いつまでも浅見の手元を睨みつけている。

（危ない危ない——）

浅見は早々に引き上げることにした。

タクシーを呼んで白石蔵王駅前に出た。駅構内の土産物店を覗くと、白石和紙の製品が並んでいた。なかなか高価なものである。いろいろ冷やかしてから改札口に行くと、そこで奇妙な人々に出会った。

下り列車が着いたばかりらしい。十数人の中年の男女が改札口を出てきて、出迎えの老女と手を取りあって挨拶を交わしている。

「なつかしいわ」

「私はあれから初めてですから、もう四十何年ぶりかしら」

「お変わりないわねえ、すぐに分かった」

女たちがことにけたたましい。中には老女に抱きついて涙ぐんでいる者もいたりして、ちょっと異様な光景であった。

その集団はさんざめきながら駅を出て行った。

「四十何年ぶり」というようなことを言っていたところをみると、小学校の同窓会か何かだろうか。あのおじさん、おばさんたちにもそういう時代があったのだ——と思うと、なんとなくほのぼのとしてくる。

「いまのは、岡崎ホテルの奥さんでねかったかや?」

浅見の近くにいた老人が、隣の老人に言っている。

「んだ、岡崎のばあさまだ。そういえば、昔の疎開の子たちが来るとか言ってただ」

「ああ、あれは疎開っ子だがや。もうあんたら歳《とし》になっちまっただなあ」

「んだべや、おらたちだって、こんたらありさまだもんなや」

「だども、あん頃は大変だったなや」

「ああ、疎開っ子のことだば、まんつろくな思い出はねえだ」

それっきり二人の会話は途絶えた。なんだか憂鬱《ゆううつ》そうな顔になっている。

（そうか、戦時中の疎開の子供たちだったのか――）

浅見も「疎開」の話は聞いたことがある。太平洋戦争当時、空襲が激化することを予想して、都会の非戦闘員――ことに子供たち――を地方に分散したのが、いわゆる「疎開」である。現に、母の雪江と兄の陽一郎は信州に疎開したことがあるのだそうだ。

「あなたは平和な時代しか知らないから、のんびり育ったのですよ」

雪江は愚弟の愚弟たるゆえんを、平和のせいにするつもりらしい。

疎開には縁故疎開と集団疎開というのがあって、縁故疎開のほうは親戚《しんせき》などを頼って行くだけに、まだしも恵まれていたのだが、集団疎開というのはひどかったそうだ。食べ物もろくすっぽなく、ほとんど全員が栄養失調にかかったという話である。

それと地元の人たちとの軋轢《あつれき》がひどく、「疎開者いじめ」などもあったらしい。最前の二老人が憂鬱そうに黙りこくってしまったのは、そういう暗い記憶を思い出したせいかもしれない。それにしては、苦しかったはずの疎開先を、ああやって懐かしそうに訪ねてくるというのは、どういう心理的屈折か——と思うと、興味が湧いてくる。とはいえ、いずれにしても、戦後ずいぶん経って生まれた浅見には、疎開そのものがあまりピンとこない話ではあった。

浅見は列車の時刻を確かめ、改札口を入った。プラットホームに立って列車の到着を待っていると、突然、浅見の脳髄に突き上げるものがあった。

「そうか、疎開か……」

浅見はほとんど叫ぶように言った。前に立っている紳士が、びっくりして振り返り、浅見を睨みつけた。

第四章　不忘山《ふぼうさん》

1

浅見はプラットホームにある公衆電話に走った。ほとんど同時に、列車の接近を知らせるアナウンスが始まった。

浅見はテレホンカードを突っ込み、慌ただしくボタンをプッシュした。

「はい、月岡でございます」

三喜子の声が出た。

「浅見です、お母さんはいらっしゃいますか？」

「あら、浅見さん……」

三喜子は何か話したい気配だったが、浅見は早口で被《かぶ》せるように言った。

「すみません、お母さんを呼んでください」

「はあ……」

三喜子は物足りなさそうに引っ込んで、まもなく月岡夫人が代った。浅見は挨拶《あいさつ》ももどかしく、言った。

「用件だけを言いますが、ご主人と高桑さんは、子供の頃、一緒に疎開した仲間だとかおっしゃってましたね？」

「ええ、申しましたけど、それが何か？」

「たしか、疎開先は白石《しろいし》でしたね？」

「ええ」

「それでですね、小学校の名前は分かりませんか？」

「小学校って、主人のですか？　その頃は小学校とはいわず、国民学校といっていたのですけれど」

「あ、そうでしたね、それで、何国民学校というのか分かりませんか？」

「誠華《せいか》国民学校です。浅草区（現在の台東区）の名門だとか言って、よく自慢しておりました」

「誠華ですね、分かりました、どうもありがとうございました。また連絡します」

浅見は夫人の挨拶も聞かずに、受話器を置いた。

浅見の乗る列車はすでに到着して、発車を知らせるベルの音が鳴った。

浅見は列車を横目に見ながら階段に向かった。改札係に「岡崎ホテルは？」と訊《き》くと、歩いてもすぐのところであった。浅見は大股《おおまた》に教えられた道を急いだ。

岡崎「ホテル」というが、実際には和風のごくふつうの旅館だった。玄関脇《わき》の黒い看板に、「誠華国民学校疎開児童様」と白文字で書いてある。

浅見は玄関に入って、そこにいた番頭らしい男に声をかけて、誠華国民学校の人を呼んでもらいたいと頼んだ。

さっき駅で見たグループの中にいた男性の一人が出てきた。もっとも先方には浅見の記憶はない。

「何か？」

若い浅見を見て、怪訝《けげん》な顔をした。

「お尋ねしたいことがあるのですが」

「はあ、どういうことでしょう?」

「戦争中、皆さんと一緒にここに疎開していた人で、月岡さんという方をご存じありませんか?」

「月岡?」

「ええ、それと高桑さん」

「どういうことですか?」

男の目は警戒の色を強めた。

「じつは、僕は月岡さんのお宅に出入りしている者なのですが、たまたまここを通りかかったら、誠華国民学校と出ていたので、もしやと思ったものですから」

「ああ、そうですか、月岡君のお知り合いですか」

「えっ? じゃあ、月岡さんをご存じなのですね?」

「ええ、知ってますよ、彼も高桑君もわれわれと一緒に、ここに疎開した仲間です」

「やっぱりそうでしたか」

浅見は感動のあまり胸がつまった。

「しかし、彼は、それに高桑君も、ひどいことになってしまって……」

男は眉《まゆ》をひそめた。

「そうなのです、そのことでお訊きしたいことがあるのです」

浅見は力を得て言った。

「ちょっとお話を聞かせていただけますか」

浅見の様子がただごとでないことを感じたのだろう、男は気圧《けお》されたように頷《うなず》いた。

「そうですね、いま到着したばかりで、いろいろ落ち着かないのですが、ちょっとぐらいならいいでしょう」

それではと、男は玄関を上がってすぐのところにある応接セットに案内した。

浅見はあらためて名刺を出した。男のくれた名刺には、「税理士　松山幸男」と印刷されていた。

「じつは、この会合にも、本来なら月岡君は参加する予定になっていたのですよ」

松山は故人を偲《しの》ぶ目になって、言った。

「この会合といいますと、つまり同窓会のようなものですか？」

「いや、同窓会というといささか語弊《ごへい》がありますね、むしろ慰霊の会というべき、厳粛な気持ちでやっているのですから」

「慰霊？　というと……」

「今日は三月九日です」

「はあ……」

浅見にはピンとこない。

「ははは、あなたは若いからご存じないのかな。三月九日から十日にかけて、東京の下町は大空襲に遭ったのですよ」

「ああ、それなら知っています、といっても、もちろん歴史としてですが」

「そう、歴史ですかねえ。四十何年も前になると、歴史のひとコマとして記録されてしまうのかもしれないが、われわれにとっては生々しい記憶そのものなのですよ」

松山は姿勢を正すようにしてから、言葉を継いだ。

「あの日、昭和二十年三月九日には、われわれの仲間の多くが帰京していましてね。ちょうどその日の前後に中学と女学校の入学試験が予定されていたのです。それで前々日の七日に一時帰京していた人が多かった。そして九日の夜から十日にかけての、あの大空襲にやられたのです。誠華国民学校のあった浅草区浅草周辺はもろに戦火に遭って、仲間の半数はやられました。運よくここに残った者たちも、家族が全滅したり、少なくとも家を焼かれなかった者はほとんどありませんでしたよ。私は……私の両親も死にました」

浅見は絶句した。どうもこういう話には弱い性質である。話のなかばから、浅見は涙腺《るいせん》を刺激され、慌ててハンカチを出した。

「われわれは、この集まりを不忘会《ふぼうかい》と名付けておりましてね。どういうところからそう命名したかというと、蔵王《ざおう》連峰に不忘山というのがありまして、その不忘山を眺めながら生活していた当時を忘れまいという意味があるのです。会そのものは、昭和三十七年からボツボツ集まり始めたのです。しかし、戦災で死んだり、戦後は散り散りになったりして、会の発足以来、もう四半世紀になるけれど、まだまだ消息を摑《つか》めないでいる仲間が多いのですよ。この会のあることを知っていても、その頃のことは忘れてしまいたい人だっているわけでしてねえ」

「そうですか、それじゃ月岡さんや高桑さんもそういうひどい目に遭ったのですね」

「そう、詳しいことは知りませんが、たしか月岡君もご両親がやられたのじゃなかったかな。高桑君はどうだったか……彼は会社勤めだから、なかなかこの集まりには出られなくてね。去年、新橋の中華料理店で集まったのが、彼と会った最後になりました」

松山は瞑目《めいもく》し、しばらく沈黙が流れた。

「しかし、よくお訪ねくださった、月岡君も喜んでいると思いますよ。それにしても不思議な偶然ですねえ」

松山は不思議そうな顔をした。

「浅見さんは白石に何をしに来られたのですか？」

「はあ、じつは、僕は月岡さんと高桑さんの事件のことを調べているのです」

「え？　というと？」

「つまり、探偵みたいな真似《まね》をしているというわけです」

「え？　それじゃ、ここを訪ねたのはそういう目的だったのですか？」

松山は少し鼻白《はなじろ》んだ様子を見せた。

「いえ、皆さんとお会いしたのは、本当の偶然です。僕はたまたま和紙のことを調べるために、白石にやって来たのです」

「和紙？」

「ええ、白石は和紙の産地なのです」

「それは知っていますよ。われわれだって、疎開している当時は、和紙づくりの手伝いなんかをしましたからね」

「えっ？　ほんとですか？……」

「勤労奉仕というやつでしてね、その代償として食べ物をもらったり、和紙をもらったりしたものです。当時はノートや習字の紙にだってこと欠くようなありさまでしたからね」

浅見は寒気にも似た興奮に襲われた。

「では、もしかして、この和紙に見憶《みおぼ》えはありませんか？」

バッグの中から和紙を取り出した。

「ああ、そうそう、こういう紙でしたよ。いまにして思えば、なんということもない紙ですがね、当時は貴重品でした。みんな大事に仕舞い込んでおいたものですよ」

言って、

「しかし、この紙がどうしたのですか？」

「この紙はですね、じつは、高桑さんを刺した小刀《こがたな》をくるんで捨てた紙なのです」

「えっ？……」

松山は気味悪そうに、テーブルの上の和紙と浅見の顔を、代る代る眺めた。

2

「この紙は、皆さんのお仲間の誰《だれ》かが持っていた紙ではないでしょうか？」

浅見は言った。

「それ、どういう意味ですか？」

松山はさすがにあまりいい感じはしなかったようだ。少し非難するような口調になっていた。

「いえ、べつにどうという意味はないのですが……」

「しかし、なんだかそういう言い方をされると、まるでわれわれの仲間の中に、その殺人者がいるみたいな印象を受けますがね」

「はあ……」

浅見はあえて否定をしなかった。

「そんな紙は珍しくもないのでしょう？　たまたま、われわれが子供の頃、そういう紙をもらったことがあるというだけで、関係づけて考えることは何もないですよね」

「それはそうかもしれませんが、ただ、この紙はきわめて珍しいのだそうです」

浅見は遠藤老人に聞いてきたことを説明した。

「それにしたって」と松山はうんざりしたように反論した。

「われわれが白石にいたのは四十年以上も昔のことですよ。そんな紙をいつまでも後生大事に持っている者がいるはずはないでしょう」

ばかばかしい——と言いたそうな口振りであった。

「はあ、たしかにそれはそうかもしれませんが……しかし、この紙が存在しているというのも、また事実であるわけでして、この事実をどう考えればいいのかと……」

浅見は思考がまとまらないまま、まるで老人の繰り言のように喋《しゃべ》りながら、突然、視点を変えて言った。

「もう一つお訊きしますが、疎開されていた人の中に、木暮《こぐれ》さんという人はいませんでしたか？」

「木暮？　木暮ねえ……いたような気もするが、ちょっとはっきりしませんねえ。白石には誠華国民学校から二百人ぐらいきていましたからね、とても憶えきれない。どっちにしても不忘会には参加していないですよ」

「どなたか記憶されてないか、皆さんにも訊いていただけませんか？」

「そうですねえ……」

仕方がない――という思い入れを見せて、松山は旅館の奥へ入った。しばらくして、女性を伴って戻ってきた。

「この人がね、木暮という人がいたのを憶えているそうですよ」

「えっ？　本当ですか？」

浅見は勢い込んで訊いた。

「ええ、木暮福男さんといったと思いますけど、たしか月岡さんと同じグループにいらしたのじゃないかしら」

「それで、その人はどこにいるかご存じありませんか？」

「いいえ、知りません。戦後まったくお会いしたことはないし、誰も知らないと思いますよ。もしかしたら、三月十日の空襲の時、帰京してらしたのじゃないかしら」

「では、その空襲で？」

「それはどうか分かりませんけど、終戦の時までここにいらしたような記憶はありませんわねえ」

「その木暮さんですが、月岡さんとは仲がよかったのでしょうか？」

「さあ、だと思いますけど、憶えていませんわねえ……でも、その木暮さんがどうかしたのですか？」

「いえ、そういうわけでは……」

浅見は迷路の袋小路に入ったような気分になった。それが表情に出て、よほど情ない顔をしていたのだろう、松山が気の毒そうに言った。

「われわれの書いた文集がありましてね、それに当時の生活のことなどがいろいろ書いてあります。よければ差し上げましょう。何かの参考になるかもしれませんよ」

いったん奥へ行って、黒い表紙の本を持ってきた。B5判でかなり分厚い本だ。タイトルは「忘れじの山」とあり、副題として「学童疎開の記録」と印刷されていた。頒価《はんか》二千円となっていたが、松山は差し上げますと言ってくれた。

岡崎ホテルを出る頃には、夕暮近かった。ブルゾン姿の浅見には蔵王から吹き下りてくる風が厳しすぎる。

列車に乗って、「忘れじの山」を繙《ひもと》いた。

巻頭に「不忘山」と題して一文がある。そこの冒頭には「白石第一小学校校歌」が載っていた。

わすれず山は峰高く
白石川は水清し
やまと心をかたちもて
見するに似たり山と川

この地に疎開した学童は白石第一小学校（当時国民学校）に通い、朝な夕な、不忘山を仰ぎ、この歌を歌ったと書いてあった。

そのあとの数ページはグラビアで、東京の誠華国民学校を出発する時と、その後、白石での生活の時に写した記念写真が掲載されている。とくに白石での写真は、子供たちは一様に痩《や》せこけ、貧しげな服装である。

おそらく、この写真のどこかに、最前の松山もいたのだろうし、月岡や高桑もいるにちがいない。

（それに、木暮福男も――）

浅見はその想《おも》いがしだいにつのった。

「忘れじの山」は、執筆者のほとんどが素人《しろうと》であるにもかかわらず、あるいはそれだからこそかもしれないが、重みのある内容であった。

とくに出身地が東京大空襲の被災区域であったことも、この「文集」に暗く重い影を投げかけている。

子供たちの多くは肉親を失い、友人を失った。彼等《かれら》自身、死と直面した経験を持っているのだ。

Mという女性は、当時の白石の生活を回顧して、こう書いている。

――三月十日の大空襲のことを先生から知らされたのは、大分経《た》ってからだった様に記憶しています。ついこの間まで一緒だった六年生のこと、多くの父兄のこと。私も母と姉二人を亡くしました。

皆にそれを告げなければならなかった先生の辛《つら》い立場が理解出来るようになったのは大人になってからの事です。

その日のことは、不確かな白石での出来事の中では鮮烈に覚えています。自分にはまだ父や兄がいるのだから、私は最上級生なのだから泣いてはいけないと歯を食いしばりました。

（中略）

あれからずいぶん長い歳月が過ぎ、私も当時の母の年齢を越えました。白石についてはさまざまな思い出があります。美しい四季の移り変わり、町の方達の親切だったこと。それから貧しい食事、手の切れるような冷たい川での洗濯、喧嘩《けんか》、しらみ退治、先生に叱《しか》られたこと等々、辛いことも沢山ありました。しかし、若い先生を囲んで子供達が必死に体を寄せあって生活して来たことを思い出して力づけられたこともありました。私達が戦争のために余儀なくされたこの環境は決してよいものではありませんでした。でも今さら学童疎開がどんな意図で行われたかを云々《うんぬん》しても始まらない気がします。少なくともそのために命を救われた私達もいるのです。生きていることの有り難さを自覚する時、辛い時代だけを生きて逝《い》った六年生や姉達を生かしておいてあげたかったと切実に思うのです。私の白石疎開の収支を出せと言われるならばプラスです。それは私が生きているからです。

この女性は比較的冷静に物事を見つめた上で「収支はプラスです、生きているから」と健気《けなげ》に結んでいるが、この文集に寄せられた文章の多くは、感傷的に白石時代を懐かしがったり、苦しさを強調したり——というものであった。

しかし、中には疎開生活それ自体がもつ、陰惨な性格について、心理的な面から深く掘り下げている文章もあった。

Sという、浅見もその名前を知っている作家は、白石での体験を、苦悩に満ちた文章で次のように綴《つづ》っている。

——いま私は、私の体験した学童疎開について、口をとざし、無言でいたい。その沈黙のなかで耐えていたい。いや、それができるなら、むしろ、どんなにか、らくだろう。

（中略）

私の記憶に、第六分団の中で、いつもいじめられてばかりいた四年生のK君とF君、二人の少年の姿が浮かんでくる。五年生の私はこの二人を、憎んでいた。見ているだけで気持ちがイラ立ち、殺してやりたくさえ思ったものだ。この二人の少年は、私のみにくさ、よわさ、めめしさを正直に表現して生きていたからだ。それは当時、ダメな「少国民」であった。「非国民」であった。

一方、私は「立派な少国民」になろうとして懸命に努めながら、内心ではK君やF君をうらやましく思っていたのだ。いまだからそれがわかる。

三人の六年生が東京へ帰った日、分団長になった私は、K君をなぐり倒し、床の間の柱の角に後頭部をゴツンゴツンとぶつけて、なにやらわめいたことを生涯忘れることができない。

（中略）

きれい事ですませたら、どんなにいいだろう。なつかしさだけで肩を叩《たた》きあい、かつての疎開学童と教師の「連帯」に涙をながせるなら。

もちろん、私にもなつかしさはある。みんなと会っていると心がなごみ、自然と笑いと涙がうかんでくる。しかし、私のような者の発言は、多くの人を傷つけ苦しめる。いまは沈黙して、生涯、沈潜の痛みに耐えるしかないのである。

この文章には「集団疎開」という異常体験の中で、イラ立ち、苦悩する子供たちの姿が浮き彫りにされている。

何年も経って、学童疎開を過去のものとして、むしろ懐かしさに駆られて集《つど》う人もいる反面、その時代やその時代に共に生きた者たちを憎悪して、二度と近寄ることを拒否しつづける人も少なくないにちがいない。

そういう「学童疎開世代」の、屈折した精神構造は、浅見のように戦後かなり経って生まれた者に理解できようはずがない。

そして、その人々の中に月岡や高桑や、そして、たぶん木暮福男がいたのだ。

浅見は「忘れじの山」を膝《ひざ》の上に広げたまま、ぼんやりと窓の外を眺めた。列車は大宮駅に近づきつつあった。白石蔵王からわずか二時間。その距離が、しかし、かつての彼等にとっては絶望的な遠さだったのだろう。そうして、集団の中の孤独にうちひしがれた少年も、そこにいたのだ。

「忘れじの山」の中には、教師がスケッチしたと思われる子供たちの絵がいくつか掲載されていた。立っている子、坐《すわ》っている子、読書をしている子、寝ている子、竹の工作をしている子……どれもよく描けている。だが、描かれた子供たちの顔は、どういうわけか、すべてノッペラボウであった。

なぜ顔を描かなかったのか、その意図は分からない。顔を描く伎倆《ぎりょう》がなかったのかもしれない。だが、浅見には、その子たちには顔がなかったのだ——というふうに思えてならなかった。

子供らしい欲求や自由な発想を、すべて封じ込められた彼等に、ほんとうに彼等自身のものと主張できる「顔」など、ありようがなかったのかもしれない。

浅見はふと「木暮」という男のことを思い浮かべた。その男の顔も、また、空白であった。

3

白石へ行った次の日、浅見は犬山の鈴木警部に電話して、「木暮」のフルネームが「木暮福男」であることを伝えた。

「そりゃ助かりますね、中京地区の木暮姓をすべて当たるのはしんどいですからなあ」

鈴木はそう言って意気込んでいたが、三日後に返ってきた言葉は一転してトーンダウンしたものだった。

「木暮福男という名前で電話帳を引いたのですがね、そういう名前の契約者は一人もいません。いや、三重県に一人、いるにはいたのですがね、年齢が合わないのですよ。浅見さんが言う年齢の男で、しかも車を乗り回すほどの者なら、電話を持っていないはずはないと思うのですがね」

鈴木は福井県まで範囲を広げて調べたそうだ。しかし、それ以上拡大するのは無意味なことだと、浅見も思った。

高桑は名古屋近辺にいる「木暮」を訪ねると言っていたのである。

浅見は自信がなくなった。高桑が訪ねると言っていた人物は「木暮」ではなかったのではないか——。そう聞いたのは月岡三喜子の聞き違えだったのではないか——というところまで、思考が後退してしまった。

それに、不忘会の女性の話によると、木暮はすでにこの世には存在しない可能性もあった。

(どうする——)

浅見は「木暮」のセンを追うことは、諦《あきら》めるべきかと思いかけた。

しかし、純粋に木暮の行き先に対する興味はないわけではなかった。不忘会の連中ですら行方を知らない一人の男が、あの戦争のあと、どういう軌跡《きせき》を辿《たど》って、いまはどうしているものか、あるいはすでに死亡したものか、それを突き止めてみよう——という気持ちを掻《か》き立てた。

調べてみると、誠華小学校は学校そのものは現存していた。いまでも台東区の中にあっては名門なのだそうだ。だが、昭和二十年以前の学籍簿は戦災で消失して、その後に再編されたものは、同窓会員などの記憶を寄せ集めたような、頼りないものだという。

したがって、本人はもちろん、家族や教師、友人などが死亡してしまったようなケースでは、その「学童」の存在は誠華小学校の歴史の上からは、抹殺されたことになる。

驚いたことに、木暮福男がまさにその一人であった。彼の名前は学籍簿の中に記載されていなかったのである。

白石の岡崎ホテルで会った不忘会の彼女は、おぼろげに憶えていると言ってはいた。

しかし、「いたらしい」というような曖昧《あいまい》な記憶だけで、住所も分からないようなケースでは、さすがに学籍簿に記載するというわけにはいかなかったのだろう。

浅見は台東区役所に行って、誠華国民学校当時の学区内にあった「木暮家」を、戸籍簿の上から探すことにした。

「えー？　昭和二十年当時の住民台帳を探すのですかァ？」

住民係は露骨に迷惑そうな顔をした。

「堪忍《かんにん》してくださいよ。それに、戸籍の閲覧は原則としてできないことになっているものですからねえ」

あっさりはねつけられた。

浅見はやむなく兄に頼むことにした。以前、新潟県佐渡の両津《りょうつ》市役所で同じような体験をしたことがあって、その時も最後の手段として、警察庁の兄に頼んだ。

一応、低姿勢で申し出ると、案に相違して「なんだそんなことか」とこともなげに言ってくれた。

「もともと警察がやるべき仕事なんだから、遠慮することはない」

すぐに所轄の浅草署に連絡して、作業を進めさせた。

ただし、区役所の係がいやがったとおり、昔の戸籍簿を引っ繰り返すのはたいへんな作業であったらしい。その回答が届くまで、さらに三日を要した。

——お尋ねの「木暮福男」は昭和二十年十一月三十日現在まで、本籍地・東京都台東区浅草×丁目×番地に在住せるも、同日付けにて豊島区大塚×丁目×番地沢口靖秋と養子縁組したるにより戸籍抹消——

(養子に行ったのか——)

浅見は笑い出しそうになった。これではいくら「木暮」を探したところで、出てくるはずがない。

警察はさらに「沢口福男」の追跡調査を行っている。それによると「福男」は養子縁組先である豊島区大塚の住所にいたが、昭和三十四年に養父が死去してまもなく、岐阜《ぎふ》市粟野《あわの》東×丁目×番地に移転していた。

(岐阜か——)

浅見はほとんど涙が出るほどの感動を覚えた。やはりテキは「美濃路《みのじ》」にいたのだ。

正直言って、浅見はその瞬間、事件は解決したと信じた。犬山の捜査本部に電話する時には、何か空《むな》しい気分をさえ感じたほどだった。

浅見からの連絡を受けて、鈴木警部はただちに、二人の刑事を岐阜へ向かわせた。

岐阜市粟野は市の北部に位置する。昭和二十四年までは岩野田《いわのた》村粟野といっていたところだ。かつては田園地帯だったが、このところは岐阜市や名古屋のベッドタウンとして宅地開発がさかんに行われている。

沢口福男が移転してきた頃は、地価も安かったにちがいない。沢口の家は土地が三百坪ほどあり、家屋もいくぶん古くなったが、五十坪ほどの二階屋であった。そこに妻と二人の娘と四人で住んでいる。

沢口は自宅を事務所代りにして、いわゆる不動産ブローカーをやっていた。土地ブームの頃はかなり羽振りもよかったらしいが、オイルショック以後、やることなすことチグハグで、現在は楽ではないのではないか――というのがもっぱらの噂《うわさ》であった。

刑事はひとまず、周辺での聞き込みを行い、そういった情報を仕込んできた。

二度めには鈴木自ら、沢口家を訪ねた。

ウィークデーだったが、沢口は在宅していた。もっとも、事務所兼用なのだから、それほど珍しいことではないのだそうだ。

「はあ、愛知県警の警部さんですか」

沢口は鈴木の名刺を見て、びっくりした顔をした。そういう顔をすると、沢口はごくあたりまえの商売人にしか見えない。背の高さは一メートル七十センチほどか。沢口ぐらいの年代の男としては標準よりはかなり高いほうに属すのかもしれない。体軀《たいく》はがっちりした感じで、胸板も厚そうだ。

「まあどうぞ」

沢口は愛想よく、鈴木と部下の刑事に事務所の古びたソファーを勧め、妻に「コーヒーを三つ」と注文した。

「それで、私に何か？」

あらためて言って、怪訝そうに首を突き出し、鈴木の顔を覗《のぞ》き込む様子は、落ち着き払ったものだ。やはりどう見ても、この男が連続殺人事件の犯人である——という印象はまるでなかった。

もっとも、そういう外見で人間の本質を決めるほど、鈴木も甘くはない。

「沢口さんは、旧姓、木暮さんというのだそうですね」

鈴木は遠回しに攻めることにした。

「ええ、そうですが、よくご存じですねえ、ずいぶん昔の話ですよ」

「東京の台東区に住んでおられたとか？」

「ええ、そうです……驚きましたねえ、そんなことまでご存じなんですか。さすが警察ですねえ」

単純に感心している。何の不安も感じていない様子だ。これが演技だとしたら、相当、したたかなタマにちがいない。

「ところで沢口さんは、月岡和夫さんという人を知ってますか？」

「月岡さん、いいえ、知りませんが」

「それでは、高桑さんはどうです？」

「いいや、知りません」

「そうですかねえ、最近、大きなニュースになった人の名前ですが」

「ニュースに？　何かやった人ですか？」

「ほら、犬山の明治村で事件があったでしょう」

「明治村っていうと、たしか殺人事件があったみたいですが、あの事件ですか？　じゃあ、殺された人の名前ですか？」

「そうですよ、高桑雅文さん。ご存じないですか？」

「いや、そういう事件があったことは記憶にありますが、被害者の名前まではねえ……それで、その人がどうかしたのですか？」

「じつは、高桑さんがですね、あなたを訪ねてきたはずなのですが？」

「えっ？　なんですって？」

沢口はポカンと口を開けて、鈴木の顔を茫然《ぼうぜん》と眺めた。鈴木もその目を見返し、二人はずいぶん長いことそうしていた。

「その人が私に会いにきたって、それ、どういうことなのですか？」

「つまりですね、高桑さんは昔のあなたの友人だったのではありませんか？」

「私の？　友人？　その人がですか？　まさかあなた……」

沢口は呆《あき》れて、それから笑いだした。

「いや、笑いごとではないのですよ」

鈴木は真顔で沢口を制した。

「たしか、沢口さんは台東区の誠華国民学校の出身でしたね？」

「ああ、いや、出身というわけではありませんよ。五年生まではいましたが、卒業は豊島区の学校でしたから」

「誠華国民学校時代に、学童疎開をしましたよね」

「ええ、しました。宮城県のほうへ行きましたよ。ひどい時代でしてね、警部さんなどはお若いから知らないでしょうが」

「宮城県は白石ですね？」

「ええ、そうですそうです」

「月岡さんも高桑さんも、誠華国民学校の出身で、宮城県白石の学童疎開には参加しているのです」

「へえー、そうだったのですか、じゃあ、ひょっとすると、私と一つ釜《かま》の飯を食った仲なのかな？」

「そのとおりですよ、沢口さんは憶えているのでしょう？」

「いや、忘れました。だってあなた、四十何年も昔の話ですよ。そんな頃のこと、憶えていられるはずがないじゃありませんか」

「しかし、月岡さんと高桑さんは、あなたのことを憶えていたのじゃありませんか？」

「まさか」

「それで、あなたを訪ねてみえたのではありませんか？」

「どういうことです？」

沢口はようやく不審な表情になって、鈴木を睨《にら》みつけた。

「なんだか、あなたの言うことを聞いていると、私に妙なイチャモンをつけているように聞こえますな」

「じつはですね、高桑さんは勤務先の会社の名古屋営業所に来たのですが、東京を出る前にですね、あなたのところを訪問すると言っていたそうなのです」

「まさか……」

沢口はオーバーに呆れて見せた。

「そんな出鱈目《でたらめ》をどうして言うのです？」

「いや、出鱈目ではありませんよ」

「だってあなた、高桑さん、ですか、その人が仮に白石時代の友達だとしたって、彼は私のことを知っているわけがないのですよ。あなたも調べたとおり、私はその頃は木暮という苗字《みょうじ》だったのだし、もちろん私だって高桑さんのことを知りませんよ。その知らない者同士が、どうして訪ねたり訪ねられたりするのですか？」

「………」

圧倒的な沢口の弁舌に、さすがの鈴木も返す言葉がなかった。

（こうなったら正攻法でいくしかない――）

鈴木は胆《はら》を決めた。

4

沢口の妻は痩せた女だった。鈴木は自分がズングリしたタイプのせいか、女性は細身であってもらいたい気がする。しかし沢口の妻はいささか痩せすぎであった。病的と言ってもいいかもしれない。

運ばれてきたコーヒーを啜《すす》って、ひと息ついてから、鈴木はおもむろに言った。

「二月二十五日の夕方頃、沢口さんはどちらにおられました？」

「は？……」

沢口は何のことか分からない――という顔をした。

「二月二十五日、水曜日ですが、夕方時分はどこで何をしておられました？」

鈴木は同じ調子で訊いた。

「どういうことですか、それ？」

「いや、ただ、その時どこにいたかをお訊きしているだけです」

「そんなもの、憶えていませんよ……あ、あんた、まさかアリバイを調べようっていうのじゃないでしょうね？」

「いや、まあ、そう固く考えられると困るのですが、ただ参考のためにですね、どこで何をしていたか、それだけをおっしゃっていただきたいのです」

「驚いたなあ、とうとうアリバイ調べまでやるつもりですか。ははは、こりゃいいや、どうぞ調べていただきましょう。えーと、二月の二十五日ですか？　何時頃ですって？」

「夕方の五時頃です」

「五時ですか……水曜日ね」

沢口は腕組みをし、視線を宙にさ迷わせてしばらく考えていたが、ふと思い出して言った。

「そうそう、その日は夜、大雪が降った日でしょうが。だったら夕方時分は岐阜の市内にいましたよ」

「市内のどこですか？」

「歴史博物館です、大宮町にある。そこで『美濃の和紙』の展示会がありましてね、四時頃から行っていたかな、閉館ギリギリまでいて、女の子に追い出されましたよ。嘘《うそ》だと思うのなら、彼女に訊いてみてください。なかなかの美人でしてね、しかし言うことがきつい。もう少しいいでしょうと言ったら、規則ですからって、なんとも色気がない。頭のいい女性は怖いですねえ」

沢口はまるで会話を楽しんでいるような、はしゃいだ口調で言った。

「その博物館へは、一人で行かれたのでしょうか？」

「ええ、一人ですよ。たまたま通りがかったら、和紙の展示会をやっていたもんで、なんということもなく、ブラリと冷やかしてみる気になったのです。しかし、美濃の和紙というのは、あれは大したものですなあ、私はすっかり見直しましたよ」

喋るだけ喋ると、沢口は「それでは」と言って立ち上がった。

「この辺でいいでしょう、もう何も話すことはありません。あとは私の言ったことの裏付けを取るというわけですよね？　それではどうぞ、お引き取りください」

笑顔で応対していたが、心の内は怒っているのだよ——という意思表示をしたつもりなのだろう。固い表情で、入口の方向を指差した。

「あの野郎……」

車に戻ると、鈴木は部下に言うともなく、口汚く罵《ののし》った。

「刑事をナメやがって……まあ、とにかく歴史博物館なるところへやってくれや」

歴史博物館は金華山の西麓、岐阜公園の一角にあった。まだ建てられてから何年も経っていないような真新しい、美しい建物だ。

「美濃の和紙」展は一月二十四日から四月五日までの日程で、現在も開催中であった。

鈴木は部下を伴って建物に入った。

受付に手帳を示し、応対した女性に二月二十五日の夕方、男性客とトラブルがあったかどうかを尋ねた。

女性は五人が勤務していたが、そのうちの一人が「ああ、ありましたよ」と言った。たしかに沢口の言ったとおり、背が高くて美人だ。

「もう五時が過ぎたのに、第二展示室にお客さんがいたのですよね。それで、『時間ですけど』って言ったら、『そんなこと言ったたって、おれはまだ見ていないところが多い』って、文句を言うんです。それで規則だから困りますって言いました」

「それで、すぐに出たのですか？」

「いいえ、しばらく黙って、展示品を眺めていました。それで、私も意地になって、部屋の電気を消してしまったんです」

「ほう」

それはまた、気の強い――と、鈴木は苦笑した。

「それでようやく出て行ったのですけれど。もう五時を二十分ぐらい過ぎていたのじゃないかしら」

「そのお客の顔だけど、もう一度見れば分かりますか？」

「ええ、もちろん、そんなに簡単には忘れられませんもの」

鈴木は礼を言って歴史博物館を出た。

「顔写真をとって、彼女に見てもらっておけや」

部下にそう命じたものの、確認するまでもなく、その男が沢口であることはまちがいないと思った。

岐阜から犬山までは約三十キロ、一時間かかるかかからない程度の距離だが、それでも四時から五時過ぎまで岐阜にいたのでは、警察が想定している犯行時刻——五時前後——に現場にいることは不可能だ。

その報告を、浅見は翌日の午後、受けている。

「折角、あんたに割り出してもらったが、ヤツにはアリバイがありますな」

鈴木はことの次第を説明した。無念の感じが言葉の端々に出ていた。

「要するに、沢口は午後三時頃から六時過ぎ頃までは、明治村に行くことが不可能だったことは確かです」

「歴史博物館に行ったのは、間違いなく沢口なのですね？」

浅見は訊いた。

「間違いありませんな。けさがた刑事が写真を持って面を確かめてきました。その結果、目撃者は間違いないと言ったそうです」

「そうですか……」

浅見はまた分からなくなったが、気を取り直して言った。

「ちょっと気になるのですが、沢口は博物館の閉館時刻ぐらい、あらかじめ知っていたと思うのですが、なぜそんなつまらないトラブルを起こしたのですかねえ？」

「はあ？」

「なんだか、いかにもわざとらしい気がするのですよ。そうではありませんか？　まるでその女性に顔を憶えさせるために、ひと芝居打ったような騒ぎじゃありませんか」

「なるほど……」

鈴木もその意見には賛成した。

「たしかに、そういえばアリバイづくりの臭《にお》いはしますなあ。しかし、たとえそうだとしても、アリバイがあるという事実には変わりはないわけですが」

「ええ、それは、たしかにそうですが……」

浅見もそれから先のことは分からない。それに、べつに沢口がアリバイ工作をしたという証拠は何もないのだ。

「もう一つの事件のほうはどうでしょう」

浅見は言った。

「もう一つというと？」

「月岡和夫氏の事件です。その事件当時、沢口はどこにいたのでしょう?」

「ああ、そっちの事件のことは訊きませんでしたよ」

「なるほど……」

浅見は憮然《ぶぜん》とした。管轄外ということか――。どうも、警察にかぎらず、役所の仕事はセクショナリズムに徹している。融通《ゆうずう》をきかすとか、「ついで」という観念がまるでないらしい。

「しかし、もしなんなら確認してみましょうかね」

さすがに気が咎《とが》めたのか、鈴木のほうから申し出た。

「ええ、できればそうお願いします。事件のあったのは二月十三日、つまり十三日の金曜日でした。詳しいことは警視庁のほうに照会してください」

「いいでしょう、やっておきますよ」

「お忙しいところ、申し訳ありません」

言いながら、浅見はなんでこのおれが警察に謝らなければならないのだろう?――と首をひねった。

だが、その調査の結果も浅見の期待を裏切るものであった。二月十三日も沢口には立派なアリバイがあったのである。

「その日はですね、沢口は八幡《はちまん》にいたのだそうですよ」

鈴木は電話で、面白くもなさそうな声を送って寄越した。

「八幡、というと郡上八幡《ぐじょうはちまん》ですか?」

「そうです、美濃市の北のほうです」

「ええ、以前、通ったことがあります。白鳥《しろとり》町へ行く途中ですね。それで、沢口はその日そこで何をしていたのですか?」

「不動産関係の仲間が何人か集まって、一席設けたというようなことらしいですな。もちろん裏は取りましたよ。八幡町の積翠館《せきすいかん》という旅館に午後三時に到着して、翌朝の九時過ぎまでいたそうです」

東京で月岡和夫が「失踪《しっそう》」したのは、その日の午後二時から六時頃のあいだと見られている。

西銀座の地下駐車場で発見された月岡の車に残された駐車券には、その日の夜、六時二十二分入庫の印字が打ってあった。

「沢口は、月岡の強盗殺人事件には関係がありませんな」

鈴木はもはや匙《さじ》を投げたと言いたい心境であるらしい。それは、浅見にしてもほとんど同じ気分であった。

第五章　血染めの回数券

1

葬儀のあとかたずけがすむとまもなく、月岡家には月岡の仕事関係の人間や、借金取りなどがつめかけるようになった。

三喜子はそういう客の応対に追われる毎日がつづいた。母親は岐阜《ぎふ》で夫の遺体を見た日から、それまでの精神の変調に加えて、体調までが完全におかしくなったらしい。

それでなくても、ビジネスの話にはとんと疎《うと》い人間である。家の中の仕事以外は、すべて三喜子が引っ被《かぶ》るしかなかった。

税理士だの弁護士だのが月岡家の財産を勝手に評価し、借金の清算を進める。なんだか手術室で自分の体を切り刻まれるのを傍観しているような気分だったが、それでも三喜子は精魂傾けて、彼等《かれら》の一挙手一投足に気を配る、少なくとも「ポーズ」を作っていた。

そのせいかどうか、彼等の仕事はかなり良心的なものであったようだ。三喜子が想像していたより、月岡家の財産は十分すぎるほど潤沢《じゅんたく》に残ったのである。

三喜子の父親・月岡和夫の残した借金は、トータルすると一億円近い額ではあったが、驚いたことに、その程度の借金は簡単に返済可能なのであった。

それはほとんどが月岡の加入していた生命保険のお蔭《かげ》である。

月岡は、災害死亡時の受け取り金額がおよそ二億三千万円の保険に加入していた。つまり、主の死は月岡家にとって最大の悲劇には違いなかったけれど、経済的な面では、逆に月岡家を救ったことになる。

事件当時、月岡が所持していた貴金属は、公称時価二億円といわれたが、仕入価格は多く見積もってもその半分である。しかも、その貴金属には一億円の盗難保険が掛けてあった。問題はその時所持していたと思われる五千万円の現金だが、生命保険金はそれをはるかに上回るから、実質的な損害はなかったに等しい。

月岡の失踪《しっそう》、強盗殺人に「狂言」説が根づよく尾を引いたのは、そういう背景があったからだ。

しかし、月岡が事実殺害されていたことで、狂言説はいっぺんで消滅した。

「正直申し上げて、ご主人が亡くなられたのはお気の毒ではありますが、ある意味ではご主人は、月岡家のために名誉の戦死を遂げられたようなものですな」

老練の弁護士が、清算が完了した挨拶《あいさつ》と一緒に、そういう辛辣《しんらつ》なことを言った。それがいわば、世間の月岡家に抱く感想を集約したものというべきものだろう。

そうして、世間が月岡和夫の死を忘れかけた頃になって、三喜子は逆に父の死に疑惑を抱くようになっていった。

（パパは自らあの方法を選んだのではないかしら？――）

もしあの事件がなかったなら、月岡家はまちがいなく崩壊していたのである。これまで月岡が営々孜々《えいえいしし》として築いてきたものが烏有《うゆう》に帰することになったにちがいないのだ。

そのことを三喜子は思った。

あの事件に「狂言」の汚名を着せられた時、三喜子は世の中のすべての者に反撥《はんぱつ》し憎悪した。

それが一転して、「吉野」という男から、父が生きていると聞いた時には、なぜそんな汚い手段を使ってまで、現在の幸福を守らなければならないのか――と、父が疎ましく思えてならなかった。

しかし、もし自分が父の立場に立ったら、やはり父と同じ「愚行」をあえてしても、妻や娘の幸福を守ろうとするかもしれない――と、いまにして、三喜子は思った。

そう思った時、三喜子は、あれほど理不尽に思えた世間の「疑惑」が、彼女自身の胸のうちに芽生えているのを発見した。

（父は自らあの道を選んだ。そうするよりほかに道はなかった――）

そう思って、あの頃の父の言動を回想すると、それを裏書きするようなことがいくつもあったような気がする。

事件の数日前から、父は何かに脅《おび》えているかのように、周囲に気を配る素振りをすることがあった。

リビングで寛《くつろ》いでいる時、ふいに苛立《いらだ》ったように何かを呟《つぶや》いたり、すっと立って自室に消えたりした。

三喜子は垣間《かいま》見るしかなかったけれど、書斎に籠《こ》もって、何か書類を整理しているらしい様子もあった。

口に出しはしなかったが、優しさと不安を混交したようなまなざしで、物言いたげに三喜子の顔を見つめていることがあった。

（あれはパパの、私に対する、ひそかな訣別《けつべつ》だったのじゃないかしら？――）

そういう妄想が繰り返し繰り返し襲ってくる。妄想だと分かっていても、それを断固拒否することが、なぜか三喜子にはできなくなっていた。

潮の引くように人々の出入りが去って、月岡家には反動的な静寂が訪れた。母と娘、二人だけの生活が戻った。そうなってみると、あれほど静穏を望んでいたくせに、三喜子は耐えられない思いがした。

母親は必要以外に物を言わない女になっていた。

いや、何か言いたいことを口から溢《あふ》れるほどに持っているのに、それを喉《のど》の奥に押し隠しているような、不自然な沈黙を続けているのだ。それが、三喜子にはありありと見て取れた。

それは三喜子の側も同じだった。父への疑惑など、もし話す相手がいるとすれば、それは母親以外にはない。それなのに、そのことを話してはいけない相手の最たる者もまた、母親にほかならないのだ。

「またお勤めに出ようかしら」

三喜子は折にふれて、言った。「事件」以来、三喜子は勤めを辞めている。マスコミにつけ回された中では、会社勤めなどできるはずもなかった。

「会社はいつでも戻ってこいって言ってるのよね」

そう言いながら、三喜子には戻る意志など、これっぽっちもない。

「そうかい、それじゃお勤め、始めたら」

母親がそう言うのも、ほんの口先だけのことだ。

広い家の中にたった二人の家族である。これ以上はない緊密な環境にあるというのに、おたがい、まるで心が通いあうのを恐れてでもいるような、気詰まりな空気の中で時が過ぎていった。

それでも三喜子は自制力と回復力の源というべき若さがある。心の鬱屈《うっくつ》は鬱屈として、この先どう生きるべきかへの、模索や展望を始めようとする気力も頭を擡《もた》げつつあった。

だが、母親のほうは日が経《た》つにつれて、心の病がますます高じてゆくように見える。夫の位牌《いはい》を飾った真新しい仏壇の前に坐《すわ》り込んで、日がな一日何ごとかをブツブツ呟いていることが多くなった。

食事中にとつぜん、溜息《ためいき》まじりに、「私がパパを殺したのよ」と言ったりする。

「ばかなこと言わないでよ」

三喜子は笑うのだが、そういう娘を母親は恨めしそうに上目遣いに見て、黙りこくってしまう。

――なぜそんなことを言うの？

とは、しかし、三喜子は訊《き》けなかった。たぶん、母親はそれには答えないだろう。が、もし答えたら――と思うと、恐ろしさが先に立って、とても質問なんかできない。

もし答えたら――。

（いったい、どういう答えを想像するの？――）

三喜子はオズオズと自問した。母は何かを知っているのではないのか。父は自分には何も言わずに逝《い》ったが、母には何かを告げていったのではないだろうか。

母親の顔を見ていると、何かの拍子に、自分がそのことを訊き出そうとするのではないか――と、そのことが恐ろしい。

それは逆に、母親の側からいえば、何かを喋《しゃべ》り出しはしまいかという恐怖なのかもしれない――などと空想するのだ。

表面は精一杯、さりげなく振る舞おうと努めながら、その実、火花を散らすような心の葛藤《かっとう》を繰り広げているような、母娘《おやこ》の二人だけの毎日であった。

それにしても人の訪れがないということが、こんなにも侘《わび》しいものであるとは思わなかった。事件以後、そして父の「無実」が晴れたあとも、月岡家を訪れる者は、法事の席に出てくれた人を除けば、さまざまなビジネスの関係者以外、ほとんどいなかった。

考えてみると、父には高桑以外に友人と呼べる人はいなかったのではないか――と、三喜子はそんな気がした。

三喜子の会社の同僚やボーイフレンドたちは、少なくとも表面的には同情し、慰めを言いに訪れてもくれた。

だが、三喜子はある時期まで、世の中の不当な仕打ちに逆上し、浅見をいきなり殴ってしまうほど防衛本能がキリキリしていたから、そういう人たちの優しさにすら素直になれず、彼等の接近を拒んでしまった。

それがずっと尾を引いている。三喜子のほうにも、いまさらどの面下げて彼等に甘えた顔を見せられようか——という、意地みたいなものがあった。

そのくせ、人恋しさはつのるばかりであった。このままでは自分も母も、精神がおかしくなってしまうにちがいない——と、確信に近く思った。

そういう日々に、三喜子はふっと浅見光彦の顔を思い出す。奇妙な出会い方をした浅見青年の、どことなくほのぼのとした印象が、ひどく懐かしいものに思えた。

岐阜グランドホテルで最後に会った夜、浅見は「われに七難八苦を与えたまえ——ですよ」と、山中鹿之助《やまなかしかのすけ》の言葉を言っていた。それはたぶん、三喜子を励ます意味で言ったのだろう。

その言葉は父親もよく口にしていた。三喜子の脳裏に、父親と浅見の顔がダブって見えることがあった。

男の人って誰《だれ》でも、いつもそうやって、人生の挫折《ざせつ》を乗り越えて行くものなのかしら——と思った。

（会いたいな——）

三喜子は胸のうちで呟いて、鼻の後ろあたりがキュンとなるのを感じた。

2

八方塞《ふさ》がり、五里霧中、四面楚歌《しめんそか》、三りんぼう——と、いろいろな数字が浅見の頭の中に浮かんでは消え、浮かんでは消えする。どれもろくなイメージを伴わない。

浅見はいまや完全に行き詰まっていた。

どこに突破口を求めればいいのか、その知恵も湧《わ》かない。

(最初から、もう一度やり直しするしかないのだろうか——)

ボタンのかけ違いというけれど、なんだかボタンをかけないまま衣装を纏《まと》って、歩きにくい道を歩いているような、歯痒《はがゆ》くて腹立たしい気分がしてならないのだ。

行き詰まったら出発点に戻る——というのが事件捜査の鉄則だ、とベテラン刑事に聞いたことがある。鉄則だとか法則だとか、そういう鹿爪《しかつめ》らしいことのおよそ似合わない浅見としても、今回ばかりはその必要性を痛感しないわけにはいかなかった。

なぜなら、浅見は第一の事件——つまり、月岡和夫が殺害された事件には、当初、まったくノータッチだったからである。

月岡が殺され、西銀座の駐車場で月岡のベンツが発見された二月十五日から約十日後にはじめて、浅見はべつの形でその事件と関《かか》わりを持つことになった。その後も、月岡の事件そのものには、ほとんど深い付き合いをしないままできている。

浅見は兄に頼んで、月岡和夫の「強盗殺人事件」に関する事件捜査記録のコピーを手に入れた。

しかし、事件捜査の状況は、これまでに浅見が知っている範囲とそれほど大差のないものであった。

月岡の事件は、まず月岡の家族から行方不明人の捜索願が出されてから、警察の取り扱うところとなったのだが、「事件」としての扱いは、月岡のベンツが西銀座地下駐車場で発見された以後のことといっていい。

月岡は二月十三日の午前十一時、都内の取引き銀行で、かねて交渉していた融資金を受け取っている。世田谷の自宅を担保に五千万円を借りたものである。

ついで午後二時頃、月岡は銀座にある宝石輸入商を訪れ、約二億円相当の貴金属を受け取った。その貴金属は月岡の顧客に見せるために、二日間の約束で借用したものだ。

宝石輸入商を出て以降の月岡の足取りは不明である。そして翌日の午後、捜索願が提出された。

さらにその翌日、二月十五日の午後、西銀座地下駐車場で月岡のベンツが発見され、車内のシートにかなり大量の血痕《けっこん》が付着しているのが確認されたところから、「事件」としての捜査が開始されている。

血痕の血液型はB型、月岡和夫のものと一致する。

その状況に対して、捜査当局の見解は二つに分かれた。

一つはストレートに、月岡が何かの事件に巻き込まれ、殺害された上でどこかに死体を遺棄された——「強盗殺人事件」であると認定する説。

もう一つはすでに述べたような、強盗殺人事件を偽装した狂言であるとする説である。

この第二の疑惑のほうは、岐阜県美濃《みの》市で月岡の他殺死体が発見されるにいたって、ほぼ消滅したといっていい。

月岡和夫が殺害された——という事実は、疑う余地のないものであると、この時点ではっきりと認定されたのである。

だが、警察はなぜ月岡の死体が岐阜県内まで運ばれたのか、説明に窮していた。

なぜ岐阜に運ばれたのか――。

この事件と、つづく高桑雅文殺害事件の謎《なぞ》はいくつもあるが、謎の第一はそれだ。

浅見はそれらの謎を列記してみた。

1　月岡の死体はなぜ岐阜に運ばれたか。
2　高桑はなぜ「木暮」を訪ねると言っていたのか。
3　高桑はなぜ「岐阜行き」の方法を聞きながら、実際には犬山へ行ったのか。
4　犬山で会った人物（犯人？）は誰か。

そして、凶器の小刀の出所、凶器を包んでいた和紙のルーツは？……。

浅見は思い立って、犬山署に電話を入れてみた。鈴木警部は捜査本部にいた。

「その後、まだ進展はありませんよ」

浅見が何も言わないうちに、つまらなそうな声で、言った。

「それじゃ、凶器の出所の割り出しなんかもできていないわけですか？」

「ああ、まだです。あの古くさい小刀といい、妙ちくりんな和紙といい、骨董屋《こっとうや》から掘り出してきたとしか考えられませんな」

ひどく投げやりな口調だ。

「おまけに、あの血染めの回数券も、どういう意味があるのか、さっぱり分からんでおるのですよ」

「血染めの回数券？」

浅見はびっくりして訊いた。

「何ですか、それ？」

「あれ？　あんた、それ知らなかったのでしたかね。高桑のバッグに入っていたのですがね、東京の八王子と新宿のあいだの、京王線という電車の回数券ですよ。それが血に染まっているのですな。いや、高桑さんのとは違う血液型のやつです」

「そんなものがあったのですか」

浅見は憮然《ぶぜん》として言った。

「まさか、その血液型はB型じゃないでしょうねえ」

「いや、当たりです、B型ですよ……それがどうかしましたか？」

「B型なら、例の、美濃で発見された月岡和夫氏の血液型と同じですよ」

「はあ、そうなのですか」

鈴木はまるで呑気《のんき》だ。

「しかし、血液型なんていうものは四種類しかないのですから、たまたま同じだからといって、べつに意味はないのとちがいますか」

「それにしたって、四分の一の確率ですよ。一応、何か関係があるかもしれないじゃないですか」

「うーん……すると、浅見さんはどう関係すると言うんです？」

「そんなの……そんなことは、これから考えますよ」

浅見は邪険に電話を切った。そんな重要なことを、どうして教えてくれなかったのか、と、八つ当たりぎみに腹を立てた。

とはいっても、鈴木の言い分ではないけれど、「血染めの回数券」が月岡の事件とどう関係するかなど、何もアテがあるわけではないのだ。かりに、その回数券の血が月岡の血だとしたらどういうことになるのだろう？

まさか、月岡殺しの犯人が高桑ではないだろうな——。

もしそうだとしたら、浅見は自分の直感力に対する自信を、完全に喪失してしまう。

高桑は月岡殺しの犯人では絶対にあり得ない——というのが、浅見のこの事件に対する大前提である。もしそれが間違っていて、高桑が親友である月岡を殺していた——などということになったら、その瞬間に浅見は人間不信に陥り、「探偵ゴッコ」から手を引かなければならない。なぜなら、浅見光彦の思考の根幹にあるものは「人間性善説」だからである。浅見が高桑に描いているイメージは、基本的には善人、もしくは悪いことのできないふつうの人——であった。

高桑が月岡殺しの犯人ではないとすると、血染めの回数券は月岡の流した血とはべつのものと考えなければならない。

だとしたら、それは誰のものなのか？

なぜ月岡と同じB型なのか？　偶然にすぎないのか？

高桑が回数券を持っていること自体は、べつに不思議とするには当たらない。高桑は自宅のある八王子から、会社のある新宿までの区間は定期券で通勤している。しかし、定期券を忘れたか何かした際に、回数券を買ったということはあり得ないことではない。

問題は、その回数券になぜ血痕が付着していたのか——である。

いったいどういう状況があれば、回数券に血がついたりするものだろうか？

それも、本人のものではない血液が——である。

浅見は、「血染めの回数券」を頭に思い浮かべて思念を凝らした。

しかし、何も浮かんでこない。回数券が血に染まる——という「風景」が見えてこないのだ。

一つだけ考えられることはあった。それは、その回数券が月岡に貰《もら》ったものである——というケースだ。

そう思いついた時、浅見は月岡三喜子に電話をする気になった。

「あ、浅見さん……」

三喜子は電話に出たとたん、子供じみた歓声を上げた。

「もう事件のことも、私たちのことも忘れておしまいになったのかと思いました」

「とんでもない」

浅見はすっかり戸惑いながら言った。

「日夜、事件のことで悩まされどおしですよ。こんなにわけの分からない事件は、はじめてといってもいい」

「そういう言い方をなさると、なんだか刑事さんか私立探偵みたいですね」

「え？……あははは、ほんとですね」

浅見は電話のこっちで苦笑した。

「じつは、月岡さんにちょっとお訊きしたいことがあるのですが、あなたのお父さんは、八王子から新宿までの回数券をお買いになるようなことがありましたかねえ？」

「八王子から新宿までですか？ それはないと思いますけど。つつじヶ丘から新宿までなら分かりませんけど」

「そうですか……そうでしょうねえ」

「ええ、でも、どうしてそんなことお訊きになるんですか？」

「いや、じつはですね、高桑さんが亡くなった時、八王子—新宿間の回数券を持っていたのです。しかも、それが血染めの回数券でしてね。血液型はB型なのです」

「じゃあ、それ、父の血ですか？」

「いや、それが分からないのです。ですからね、もしお父さんが持っていたもので、それを高桑さんに差し上げたとか……」

「まさか浅見さん、高桑のおじさんが父を……なんて思っていらっしゃるんじゃないでしょうね？」

「まさか、そんなことは絶対に思いませんよ。考えられることは、ひょっとして、その回数券をお父さんが持っていて、何かで怪我《けが》して血がついたものを、これまた何かの理由があって高桑さんに差し上げた——と、こういうケースがあるかないかです」

「そんなの、あり得ないと思います。第一、父がそんな血を流すような怪我をしたことなんか、ここ数年、ぜんぜんありませんもの」

「そうですか……だとすると、どうして血がついたのかがどうしても分からないのですよね。ただ、言えることは、ばかばかしいほど当然のことですけど、どういう状況にもせよ、高桑さんがわざわざ回数券を血で染めたものではない、という点です。回数券に血がついたのは、あくまでも過失によるもので、故意によるものではないですよね」

「ええ、それはそうだと思います」

「では、その『過失』はどこで、どのようにして生じたものなのでしょうか、それがさっぱり見えてこないのです」

「あ、それ、もしかしたら息子さんの血じゃないかしら？」

三喜子がふいに言った。

「息子さん？」

「ええ、高桑のおじさんには体の不自由な息子さんがいて、そのお世話が大変だったんですけど、その息子さんの介添えをしている時に、どうかして、血を流すようなことがあったのじゃないかしら」

「なるほど……」

浅見は三喜子の着想に飛びついた。

「それ、確かめてみましょう。それで、息子さんは高桑さんの自宅にいるのですか？」

「いいえ、お父さんがああいうことになって、誰も介添えする人がいなくなりましたから、八王子のG病院に入院なさいました」

「そうですか、じゃあ明日にでも行ってみることにします」

「あの、もしよければ私がご案内しましょうか。道がちょっと分かりにくいところですし、それに、その方、知らない人には少し気難しいところがあるんです」

「それはありがたい、ぜひお願いしますよ。それに、あなたのお母さんにもご挨拶したいと思っていたところですから」

浅見はひさびさ、陽気な声になっていた。

3

月岡家では母と娘が揃《そろ》って浅見を歓迎してくれた。三喜子はまだしも、月岡未亡人までが自分の訪問を喜んでくれたことは、浅見には意外であった。

「浅見さん、ほんとに、娘をよろしくお願いします」

何度もそう言われて、浅見は大いに照れた。この年配の母親が、それこそ年頃の娘を「よろしく」と言うのには、ただならぬ意味のあることを感じないわけにはいかない。

浅見は当惑した笑顔を浮かべながら、「はい、およばずながら」などと、差し障《さわ》りのない答え方をするばかりだ。

「母の言ったこと、気になさらないでください」

母親が席を外すと、三喜子は怒ったような顔をして、そう言った。そう言われればそう言われたで、浅見はまた、どう答えていいものか困ってしまう。「もちろん、気になんかしませんよ」などとは言えるはずもないではないか。

「お母さんが思ったよりお元気そうなので安心しましたよ」

そんなトンチンカンな返事をして、浅見は話題をはぐらかすことに専念した。

「浅見さんのお顔を見てからなんです。それまではふさぎ込んで、ものも言わなかったんですよね。母があんなふうに笑顔を見せたのは、もう何日ぶりかしら。みんな浅見さんのおかげです」

三喜子は「ありがとうございました」とお辞儀をした。

ともかく月岡家を出て八王子へ向かうことになって、浅見はほっとした。

高桑の息子が入院している病院は、四階建ての、設備も新しい総合病院であった。

高桑の息子は義男といい、ことし二十歳になるのだそうだ。中学生の頃に腰椎《ようつい》を痛めたのが、年ごとに悪化の一途を辿《たど》り、いまではほとんど一人では歩けないような状態だという。

しかし、三喜子が浅見を紹介すると、義男は思ったより明るく挨拶を返した。

「三喜ちゃんの恋人ですか？」

そんな冷やかしを言って、笑うのを見ると、ひょっとしたら父親の不幸を知らないのではないかとさえ思ったほどだ。

「変なことを訊くけど、いいかしら」

三喜子は義男に言った。

「うん、何だい？」

義男は笑顔で応《こた》えた。

父親同士が親友だった関係で、二人は子供の頃から、まるで従姉弟《いとこ》同然の付き合いをしていたのだそうだ。

「義男さん、最近、血を流すような怪我をしたこと、ある？」

「怪我？　ほんとに変な質問だね。何なのそれ？」

「いいから答えて、怪我をしたことがあるかどうか」

「怪我をしたことなんか、ここ数年はないけどさ。ただ、鼻血を出すことはあったな」

「鼻血？　それよ、きっと」

三喜子は浅見を振り返った。

「それがどうかしたの？」

義男は怪訝《けげん》そうに訊いた。

「鼻血出したって、それ、おじさんがいる時でしょう？」

「ああ、そうだけど」

「じゃあ、やっぱりそうだったんだわ」

「ちょっと待って」

浅見は三喜子を制した。

「義男さんの血液型は何ですか？」

「ああ、僕はO型です、父と同じです」

「O……」

回数券の血痕はB型である。三喜子はいっぺんに悄気《しょげ》てしまった。浅見の顔を見て、
申し訳なさそうに言った。

「ごめんなさい。血液型のこと、すっかり忘れていたんです」

「いや、そんなことはいいんですよ。むしろ、僕はほっとしました、もし義男さんの血液だったら、行き詰まってしまうところだったのですから」

義男は何の話か分からず、不思議そうに、二人の「客」の顔を交互に眺めていた。

しばらくとりとめのない話をしてから、義男に別れを告げて病室を出た。

「また振り出しに戻っちゃいましたね」

三喜子は残念そうに言った。

「どうしてですか？　僕はむしろ事件の謎が一つ解けそうな気がしているのですよ」

「ほんとですか？　私への気休めを言ってらっしゃるんでしょう？」

「ははは、だいぶ疑い深くなってますね」

浅見は屈託のない笑顔を見せた。

リノリウム張りの廊下を歩いていて、浅見の足がふと停《と》まった。

ひとつのドアが開いていて、中の様子が見える。二人部屋なのだろう、二つのベッドが部屋の左右にある。その右側のベッドには患者が横たわって、輸血を受けていた。

ベッドの脇《わき》に金属製のスタンドが立ててあって、その先端から血液の入ったビニール袋のようなものがぶら下がっている。

袋の下端からは透明なビニール管が出て、患者の腕に血液を送っている。

袋と腕との中間のところには、試験管のような小ビンのような膨らんだ部分があって、袋から流れてきた血液は、いったんその中に滴《しずく》となって落ち、供給する血液の流量を調節する仕組みになっている。いうまでもないことだが、その中間の膨らんだところに、血液が落ちる様子から、輸血やリンゲル液の供給を「点滴《てんてき》」と称するわけだ。

浅見の視線は、しかし、もう一つのベッドのほうに向いていた。そこにも同じような輸血用の器具が立っているが、ベッドには患者の姿はない。どこか、ほかの治療室で診察を受けているのか、それとも手術中なのか、ともかく、いつでも輸血できるようにセットしてある状態であることは分かる。

浅見は廊下の左右を確かめてから、その病室に入った。

三喜子は浅見の意図が分からずに、びっくりして眺めている。

浅見は空いているほうの輸血器具から、ビニールの袋を外して、部屋の外へ持ち出した。もう一つのベッドの患者は眠っているのか、まったく浅見を見る様子もなかった。

「どうなさるの？」

三喜子は呆《あき》れて、非難するように言った。

浅見は黙って、いきなり着ているブルゾンを脱ぐと、その中に輸血用のビニール袋を丸め込むように隠して、廊下にあるベンチの一つに腰を下ろした。

「浅見さん、そんなことしていいの？」

三喜子はいよいよ呆れて、低い声で浅見をなじった。

「まあまあ、そんなに怒らないで、しばらく僕に付き合ってください」

廊下を行き来する患者や看護婦や付き添いの人びとは多いが、そこに坐っている二人にはあまり気を取られる様子はない。

十分ほども経《た》っただろうか。廊下のむこうから、寝間着姿の男が、看護婦に支えられるようにしてやってきて、病室に入った。おそろしく血の気のない顔をしていたから、たぶん輸血が必要な病気なのだろう。

しばらく経ってから、看護婦が出てきた。心なしか首を傾《かし》げ、（変ねえ――）というような顔つきである。そこにいる二人の男女にチラッと視線を送ったが、何も言わず、足早に廊下を立ち去って、またすぐに戻ってきた。手には例の血液の入ったビニール袋と管類のセットを持っていた。

その様子から看護婦の気持ちを察すると、勘違いして、誰かが（あるいは自分が）輸血のセットを外してしまったと思い込んだにちがいない。

やがて、何事もなかったような顔をした看護婦が部屋から出てきた。看護婦がナースルームのほうに消えるのを見届けてから、浅見はゆっくり立ち上がって看護婦とは反対の方向へ歩きだした。

玄関を出るまで、三喜子はいまにも心臓が停まるのではないかと思えるほど、息苦しかった。

「呆れた、呆れた、なんてことするのかしら、ひどいわ、あれじゃまるっきり泥棒じゃないですか」

車に乗るやいなや、三喜子はヒステリックに叫んだ。

浅見はニヤニヤ笑うばかりで、三喜子の非難には何も答えない。膝《ひざ》の上に載せたブルゾンを、まるで宝物でも開けるような手つきで広げた。

「これはO型ですね」

ビニール袋に貼《は》ってあるレーベルを見て、言った。

「浅見さんて、ずいぶん非常識なことを、平気でするんですね」

見損《みそこ》なった——と言わんばかりに、三喜子は浅見の横顔を睨《にら》んだ。しかしそれもいっこうに効果はない。

「あっ、やっぱり洩《も》れている」

浅見は嬉《うれ》しそうに言った。ビニール管の末端に残っていたのだろう、血液が流れ出て、ブルゾンを汚していた。

「ほら、これが高桑さんの血染めの回数券の正体ですよ」

三喜子の鼻先に、ブルゾンごと輸血用ビニール袋を捧《ささ》げ持つようにして近づけた。

「えっ？……」

三喜子はそう言われてようやく、浅見の意図が飲み込めた。

「じゃあ、浅見さんは、高桑のおじさんもこんなふうにして、輸血用の血を盗み出したって言うんですか？」

「たぶんそうでしょうね」

「呆れた、どうしてそんなことを考えるんですか？　高桑のおじさんがそんなことするはずはないでしょう」

「しかし、こうして、ちゃんと血染めの回数券の説明がついたじゃないですか」

「そんなの、ぜんぜん意味がありませんよ。浅見さんがそうしたからって、高桑のおじさんが同じことをしたという証明になんか、ぜんぜんなりませんよ」

「でも、なるかもしれない。いや、僕は自信を持って、高桑さんはこれと同じことをしたと思いますよ」

浅見はきっぱりと言った。

「でも、なぜ？　なぜそんなことをしたんですか？　いったい、こんなものを盗んで、どうするつもりだったんですか？」

「これほど大量の血が必要な理由があったということでしょうね」

浅見は悲しい顔をして言った。

「ですから、それは何なんですか？」

三喜子が畳みかけて訊くのを無視して、浅見はイグニッションキーを回した。

世にも奇怪な連続殺人事件の謎が、浅見の頭の中では一挙に崩れようとしていた。

4

翌日、浅見は警視庁の鑑識課を訪ねた。もちろん、そこに至るまでには、兄の手蔓《てづる》を頼らなければならなかった。

まったく警察の秘密主義というのは徹底しているのであって、警察署員の数などもなかなか教えてくれない。小さな町の警部派出所に、何人の警察官が詰めているかを訊いて、いまにも逮捕しかねないような目付きで睨まれた経験が、浅見にはある。どっちにしても三人か四人か、教えたってどうってことはなさそうだが、そういうのが警察の体質だと思えばまちがいない。

月岡和夫のベンツは証拠物件として、まだ警視庁に保管されていた。車内はすでに鑑識の手によって入念に調べ上げられ、指紋はもちろん、髪の毛一本から泥、塵《ちり》にいたるまで、必要と思われるものはすべて採取され尽くしているはずであった。

その事件の鑑識作業を指揮した、羽山という鑑識課の警部に会うことができた。

「浅見さんはルポライターだそうですな」

羽山は肩書のない浅見の名刺を見ながら言った。

「何か、月岡和夫の例の事件についてお聞きになりたいことがあるとか?」

素人がいまさら何を——という顔である。上司から、警視庁のお偉方《えらがた》の紹介——と聞いているので、無下な扱いはできないものの、専門的なことでイチャモンをつけられてたまるか——という気持ちが、ありありと見て取れた。

「それで、どういうことを聞きたいというのですかな?」

「じつは、被害者の車のシートに付着していた血液について、参考までにお尋ねしたいのですが」

浅見はいつの場合でも、こういう専門家に対する時は、できるだけ低姿勢で臨むことにしている。

「ほう、あの血痕がどうかしましたか?」

羽山警部は面倒臭そうに言った。

「その血液は、たしかB型でしたね」

「そうですよ、B型ですよ」

羽山は一応、記録を確かめながら答えている。

「ところで、血液の成分については分析などなさったのでしょうか？」

「血液の成分？　といいますと？」

「つまりですね、クエン酸ソーダが含有していなかったかとか、そういうことです」

「……………」

一瞬、羽山の顔色が変わった。さすがに、それだけの質問で、浅見が何を言おうとしているのかを察知したらしい。

「いかがでしょうか？」

浅見はゆっくりした口調で、言った。

「いや、それはたぶん、まだやっていないと思いますがね」

羽山は仕方なさそうに答えた。

「そうですか、それでは、恐縮ですが、その分析を急いでやっていただけませんか」

「しかし、部外者であるあなたにそう言われてもねえ、おいそれと動くわけにはいきませんよ」

当然のことだ――と言いたげだ。

「とおっしゃると、上のほうからの命令が必要というわけですか？」

浅見は苛立つ気持ちを抑えて、言った。

「まあ、そういうことになりますがね」

「しかし、その作業は、事件当時、当然なさるべきだったのではありませんか？」

「いや、そんなことはない。現場の捜査官の判断しだいです。あの時点ではそういう必要性は認められなかったのでしょうな」

「そうでしたか。それでは、遅まきながら、これからすぐになさるべきです。でないと、鑑識担当者としての責任を問われることになると思います」

浅見は多少、むかっ腹が立って、つい厳しい言い方になった。

「それはどういう意味です」

羽山警部もムッとしたらしい。

「捜査官が自分の判断ですることに、一般人であるあなたから指図をされるいわれはありませんがね」

「分かりました、それでは僕のほうで分析をすることにしますので、あの車を貸してください」

「何を言うんですか」

羽山はせせら笑った。

「証拠物件を貸し出せるはずがないでしょうが」

「証拠物件と言いますが、やるべきこともやらないのでは、ちっとも証拠の役に立っていないじゃないですか。宝の持ち腐れというのは、そういうことを言うのです」

「失礼なことを言いますな」

羽山は眉《まゆ》を吊《つ》り上げた。

「帰ってくれませんか。あんた、ここをどこだと思っているんです？」

（いけない——）と浅見は反省した。僕としたことが、こんなに過激になるなんて、どうかしている。

「気に障ったら謝ります」

頭を下げて言った。

「しかし、その分析だけはやっていただきたいのです、お願いします」

「ふーん、しかしあんた、ルポライターなんでしょう？　そのあんたがどうしてそんなことに首を突っ込むのです？」

浅見に頭を下げられて、羽山もいくぶん和らいだ声で言った。

「じつは、被害者の月岡さんには娘さんがありまして」

「ああ、それなら知ってますよ、なかなかの美人ですよね……そうか、なるほど、あんた彼女のあれですか、恋人か何か」

「はあ、まあそういうところです」

羽山の勝手な思い込みに合わせて、浅見は頭を掻《か》きながら言った。

「それで異常に熱心というわけですか」

羽山警部はニヤリとした。

「分かりましたよ、そういうことなら、あんたのご希望に沿うよう、やってみましょう。いや、正直言って、分析の必要もぜんぜんないわけではありませんからね。まあ、無駄と分かっていても、ひととおりのことはやってみて悪いはずがないのです」

まったく手間のかかることではあった。しかしともかくも、鑑識は動いてくれた。

そして、その結果は翌日には出て、羽山が電話を寄越した。

「浅見さんの言われたとおりでしたよ」

羽山は明らかに浅見に対する態度が変わっていた。

「あの血痕を分析した結果、ごく微量ながら、たしかにクエン酸ソーダが検出されたそうです」

「やはりそうでしたか、ありがとうございました」

浅見は丁寧に礼を述べた。

「いや、なんの、なんの、礼を言わなければならないのはこっちですよ。素人のあなたに指摘されて、汗顔のいたりです。ところで、お願いがあるのですが、この分析は本官が自発的に行ったということにしていただきたいのですが、いかがなものでしょうか」

「分かりました。もちろんそれで結構です」

浅見は笑い出したいのを我慢しながら、言った。

ベンツに残されていた血痕にクエン酸ソーダが含まれていたということは、事件の様相を根本的に覆す証拠なのであった。

クエン酸ソーダは血液の凝固を防止するために、輸血の際などに使用される。むろん、人体から直接流れ出た血液にそんなものが含まれているわけはないのである。

つまり、月岡のベンツに流されていた血液は、輸血用の血液だったということだ。

その血液は、浅見が八王子の病院から盗んだのと同じ手口で、高桑が手に入れたものにちがいない。

自分の予測がズバリ的中したことにはなったけれど、浅見はそのことを手放しで喜ぶ気には、到底なれなかった。むしろ、その結果新たに生じるであろう、さまざまな悲劇を思って、気持ちが重く沈むばかりだ。

浅見は急いで三喜子に電話した。

「これから言うことを、しっかり聞いてください」

浅見は固い口調で言った。

「いいですか、たぶん、今日か明日、警察がお宅にやって来るでしょう」

「えっ？　またですか？」

「それでですね、お父さんが輸血用の血液を持っていなかったかどうかなどと、質問すると思います。もちろん、お父さんはそんなものは持っていなかったのですから、何の問題もありません。しかし、肝心なのはこのあとです。いいですか、僕が八王子の病院から血液を盗み出した一件については、絶対に喋らないでもらいたいのです」

「分かりました、そんなこと言われなくても、私は告げ口はしませんわ」

「いや、告げ口とかですね、そういうことではなくて……」

浅見は言いかけたが、やめた。

案の定、その日から警察はふたたび動きだした。月岡家を訪れ、月岡和夫が輸血用血液を所持していなかったかどうか、しつこく訊問《じんもん》した。

幸運なことに、警察の質問は未亡人だけに集中した。未亡人はそんなものはまったく知らないのだから、いくら訊かれても平然と答えることができる。たとえ嘘《うそ》発見器にかけられても、結果はシロと出るに決まっている。

これがもし、三喜子だったらそうはいかなかったかもしれない。三喜子は基本的に嘘のつけない女だ。警察の度重なる訊問に対して、嘘をつき通すことができたかどうか、きわめて疑問だ。

警察は割と簡単に諦《あきら》めた。それに、あんなものはその気にさえなれば、いつでも手に入れることができると判断したらしい。

事実、そのとおりなのであった。ただ、そんなふうに簡単に諦めたために、浅見と違って高桑の存在を見落としてしまうことになった。そのお蔭で、浅見が憂えた「悲劇」がかろうじて回避されたのである。

しかし、いずれ「事件」のすべてが解明される時には、悲劇はかならず訪れることを覚悟しなければならない。それが浅見のジレンマであった。

浅見は切札を持ちながら、いつそれを行使しようかと迷っている、腕のいい賭博師《とばくし》のように思い悩んだ。

たとえどのように演出を施そうと、月岡母娘が安泰のままでは、事件は解決できないと思わざるを得なかった。

結局、浅見はありのままを話すよりほかに道のないことを覚《さと》った。そう浅見が決断したのと、ほとんどタイミングを合わせるように、月岡未亡人からの電話が入った。

「浅見さんに聞いていただきたいことがあるのです。今夜、ぜひお越し願えませんでしょうか?」

三喜子の母親はそう言っている。

浅見はある種、不吉な予感めいたものを感じた。何かが崩壊してゆく前触れのようなものを感じた。

「はい、喜んでお伺いします」

そう答えながら、浅見の胸のうちはこれ以上はない憂鬱《ゆううつ》に暗く閉ざされていた。

5

玄関に浅見を出迎えた三喜子の目は、泣き腫《は》らしたあとが歴然としていた。浅見はその理由をあえて訊かなかった。そういうこともあるかもしれない――と、ひそかに予想していた。

月岡夫人は、奥まった座敷で、仏壇を背に端座していた。

「お呼び立てして、申し訳ありません」

両手をついて、深々と頭を下げた。

「いえ、僕もこちらに伺うつもりでいましたから」

「ほんとうに？」

「ええ、ほんとです」

「それはよろしゅうございましたこと。でも、どういうことかしら？」

「お二人にお話ししたいことがあったからです。しかし、僕のほうは後にして、どうぞそちらのお話を聞かせてください」

「はあ……」

夫人は頷《うなず》いて、しばらく思案をまとめるように膝の辺りに視線を落としていた。

浅見の脇には三喜子が黙って坐っている。すでに母と娘のあいだでは、これから話す重要な話題が交わされたにちがいない。

「こんなこと、浅見さんに申し上げても、急には信用なさらないかもしれませんけれど」

夫人はゆっくりと話しだした。

「じつは、主人をあんな目に遭わせたのは、この私なのです」

視線を上げて、浅見の顔を見た。

浅見は驚かない。ただ夫人の目を見返しながら、かすかに頷いただけである。

それには夫人も、それに三喜子も、驚きを禁じ得なかったようだ。

「主人を殺したのは私だと申し上げてもいいかもしれません」

夫人はさらにショッキングな告白をしたけれど、それでも浅見は顔色を変えない。

かすかに、悲しげな微苦笑を浮かべてみせただけであった。

「こんなことを申し上げても、あなたはお信じにならないのでしょうねえ」

「いいえ、お話の意味はよく分かりますよ」

浅見は言った。

「奥さんはご主人がああいうことになるのを予測できた立場にいながら、止めることができなかったことを悔いていらっしゃるのですね？」

「…………」

「そのお気持ちもよく分かります。しかし、いまとなっては、後悔することよりも、ご主人の意志を全うさせるようにすることのほうが大切だと思います。もちろんご主人が選んだ方法は、決して賞賛されるべきものではないけれど、ご主人にとっては、それが最善の方法であったのでしょう。結果が悲劇的なものになったのは、ご主人の予測できなかったことです」

「浅見さん……」

夫人は驚きの声を上げた。

「あなた、主人の企《たくら》みを、すべてご存じなのですか？」

「ええ、すべてかどうかは知りませんが、ご主人が何をなさろうとしたのか、そして、結果的にどういう齟齬《そご》をきたしたか、ある程度は分かります」

「まあ……」

夫人は信じられないという顔をした。

「ママ、たぶん浅見さんのおっしゃることは本当だと思うわ。浅見さんにはパパが仕組んだお芝居の筋書なんか、すっかり見えてしまっているのよ、きっと」

三喜子は言って、「ね、そうなのでしょう?」と、睨むような目で浅見を見た。

「ええ、三喜子さんの言ったことは、ほぼ当たっています。じつは、今夜はその話をしようと思ってお伺いしたのです」

浅見は静かに言った。

「三喜子さんが言われたように、僕はご主人の事件が、そもそもはご主人自らが仕組んだ狂言であったと考えています。そのことは、ご主人が失踪される前にお聞きになっているのですね?」

夫人は頷いた。

「ええ、そうですの。といっても、主人がはっきりと申してたわけではありません。まるで冗談みたいに、『もし、おれがいなくなるようなことがあったら、三喜子のことを頼む』と申しておりました。でも、少し考えればそれと察しがつくことでしたのよね。そればかりでなく、身辺の整理をしたり、いまにして思うと、自分の亡きあと、私ども母娘がどうすればいいのか、身の振り方の細かいことにまで、あれやこれやと気を配っていたように思います。ただ……」

夫人は少しのあいだ、言葉を止めた。

「ただ、私のほうも冗談めかして、『そんなこと言って、まさか自殺したりするのではないでしょうね』と申しますと、『おれは自殺できるほどの勇気はない』と笑っておりましたの。それですっかり安心しきっておりましたら、あんなことになりまして……」

「ご主人には死ぬおつもりはなかったのだと思いますよ」

浅見は痛ましそうに言った。

「ただ、自分をこの世から抹殺することによって、莫大《ばくだい》な借財を返済しようとしたことはまちがいないと思います。しかし、その計画にしても、もしあの男がいなければ、はたして実行していたかどうか……ひょっとすると、計画それ自体があの男の書いた筋書だったのかもしれないのです」

「そういう言い方はやめてください」

三喜子が叫んだ。浅見はびっくりして、三喜子を振り返った。

「高桑のおじさんが、そんな悪者だとは思いたくないんです」

「勘違いしないでください」

浅見は苦笑して言った。

「どうも三喜子さんは勘違いや早トチリの癖がありますね」

いつか三喜子に殴られた頰《ほお》をさすりながら、浅見は言った。

「僕が『あの男』と言ったのは、高桑さんなんかではありませんよ」

「でも、高桑のおじさんが輸血用の血液を盗んだと……」

「ええ、それはそうだったと思います。高桑さんは息子さんの病気のことで、病院を訪れることが多かったですからね、僕がやらかしたような『犯罪』を思いついたとしても、不思議ではないのです。しかし、それは月岡さんに相談を持ち掛けられて、つまり友情のためにそうしたということなのですよ」

「それじゃ、『あの男』というのは、誰のことなのですか？」

「もちろん『木暮』という男のことです。あるいは『吉野』と名乗った男と言ってもいいでしょう。岐阜であなたを誘拐しようとした人物ですよ」

「ああ……でも、あの人、いったいどういう人なんですか？」

「お父さんの、それと高桑さんの学童疎開時代の仲間です」

「………」

母と娘は顔を見合わせた。

「名前は木暮福男、現在は沢口という苗字《みょうじ》に変わっています。岐阜市に住んで、不動産のブローカーのようなことをやっているのだそうです」

「その人がなぜ？」

「最初の出会いがどういうものであったのかは、推測するよりほかにありません。とにかく、月岡さんは四十何年ぶりかで、その人物に出会ったのでしょうね。そうして、月岡さんが現在直面している破局的な状況を話しているうちに、沢口はまるで悪魔の囁《ささや》きのように、こんどの狂言の筋書を話したのではないかと思います。つまり、強盗に殺されたように見せかけて、宝石と現金を盗み、一方では莫大な保険金を詐取《さしゅ》する——というアイデアです」

「じゃあ、パパはそれに乗せられたというのですか？」

「乗せられた——という言い方は、必ずしも正しくないかもしれませんよ」

浅見は静かに言った。

「月岡さんはご自分の判断で、月岡家を救う方法はそれしかないと考えられたのだと思います。その責任だけは回避することはできないのです」

「それは……それは、言われなくても、分かっています」

三喜子は悔しそうに唇を嚙《か》んだ。

「月岡さんはこのことを、唯一の親友である高桑さんに相談された。もちろん、高桑さんは驚いたでしょう、必死に思い止《とど》まらせようとしたにちがいありません。しかし月岡さんの意志は固かった。結局、最後には高桑さんも諦めて、月岡さんに協力することになったのです。高桑さんが具体的に協力したことといえば、輸血用血液を提供することでした。それはおそらく高桑さんの知恵だったのでしょう。輸血用の血液を医者でも病院でもない人物が購入すれば、いかにも不自然で怪しまれます。だから盗み出す方法を提案して実行したのでしょう。もちろん、高桑さんの役割が、血液を盗み出すことだけだったわけではないでしょう。奥さんや三喜子さんの将来についても、月岡さんはいろいろとお願いされたと思いますよ」

「そうだったのですか……」

夫人は溜息と一緒に、言った。

「でも、そういう筋書ができていながら、父や高桑のおじさんはどうしてああいう目に遭わなければならなくなったのですか？」

三喜子は、まるでその責任が浅見にでもあるように、怖い目をして言った。

「まだ何もかもが分かったわけではありません。しかし、九十九パーセント、この事件のストーリーについて、僕は仮説を樹《た》てることができたと思っています。それをお話しするために、今夜はお邪魔しました」

浅見は唇を湿《しめ》して、自分がこれまでに推理してきたことをすべて話した。

第六章　結論の選択

1

三月最後の日曜日、浅見光彦はソアラを駆って、東名高速道を西へ向かっている。

事件が終結する時は、いつも何かしら、うら寂しいような感慨を催すものだが、それにしても、今回ほど気持ちの晴れないケースはかつてなかった。

（救いがない――）と浅見は思った。

事件の謎《なぞ》を暴き、犯人を特定したところで、死んだ人は還《かえ》らない。それはどうしようもないことだ。しかし、生き残った人たちにはいくばくかの救いがあることを信じるから、浅見は事件解決に情熱を傾けるのだ。

だが、今度ばかりはいつもと様相が違った。浅見が事件を解決して、犯人を警察に送ると同時に、死んだ者の家族には、もういちど悲劇的な破滅が押し寄せることになる。

いっそ、このまま、すべてを闇《やみ》から闇に葬《ほうむ》って、見て見ぬふりをするのがいいのか――とも思う。

ただ、浅見の正義感は、のうのうと永らえている犯人の存在だけは、どうしても許すわけにいかなかった。その想《おも》いが浅見を西に走らせているのだ。

富士はまだ五合目あたりから上は雪に覆われているけれど、気温はかなり上がっているらしい。通過する町や山間《やまあい》に桜が花を咲かせ、窓を閉めきった車の中は汗ばむほどだ。

そういえば、浅見が美濃《みの》の和紙を取材にいってから、約一ヵ月になる。その頃、高桑雅文の死体が明治村の品川灯台下で発見されたのだ。

（弔い合戦か――）

浅見はふと、そんなことを思った。

一宮インターを十一時過ぎに出た。国道22号線を北上、各務原《かかみがはら》から東海北陸自動車道に入る。まもなく左手を岐阜《ぎふ》の金華山が通過してゆく。岐阜グランドホテルもチラッと見えた。三喜子とラウンジから見た、岐阜の夜景を思い出しながら、浅見はふと、岐阜の郊外に潜む悪鬼を思った。

自動車道を美濃市で下りて、国道156号を行く。あの日は雪に悩まされたけれど、美濃市街には早咲きの桜が、小倉山の緑を背景に、目に眩《まぶ》しいほどであった。

長良《ながら》川の本流を遡《さかのぼ》り、やがて八幡《はちまん》に着いた。

八幡はいうまでもなく「郡上《ぐじょう》踊り」で知られた町である。昔の面影と情緒がたっぷり残る町だ。こんな殺伐とした目的など忘れて、のんびり三、四日遊んだらどんなにいいだろう——と、浅見は思う。

浅見は電話帳を繙《ひもと》いて、片っ端から不動産屋を訪ねることにしていた。

もっとも、不動産屋といっても、この町にはたった三軒を数えるだけだった。そして、訪ねた最初の店で、浅見は目指す「情報」にぶち当たったのである。

「ああ、岐阜の沢口さんでしょう、知ってますよ。同業ですからな。ときどき顔を合わせることもあるし。そうそう、二月の中旬ね、たしかに沢口さんが来ましたよ。あれは十日だったかな、ここから少し東へ行ったところに、小野っていうところがあるのだが、そこの貸家を世話しました。一応、沢口さんと契約を交わしたのだが、しかし、入居者の移転の予定が遅れたとかいうことで、まだ住んではいないみたいですがね」

不動産屋はよく喋《しゃべ》った。

「その家ですが、もしまだ空いているようでしたら、見せていただけませんか」

「ああ、いいですよ、見るだけならね。いや、家賃は三ヵ月分もらっているから、引っ越しが遅れてもいいのですがね、たまには窓を開けに行くのですよ。そうしないと、これからの季節、カビが生えたりして、家が傷《いた》んで困るものでね。それに、ほかにもまだ三軒ばかり空いているから、もしよかったら借りてくださいや」

不動産屋は喜んで浅見を連れて行ってくれた。

小野は市街地のやや東寄りの地域で、最近になって急に住宅が建つようになったのだそうである。田園のような土地に、新しい家がちらほらと建っていた。

沢口が借り手を世話したという家は、新しい宅地の中でももっとも奥のほうにあって、そのむこうは畑である。環境も便利さも、あまりいいとは思えなかった。

「手前のほうにまだ空き家があるみたいですが、どうして、わざわざこんな奥のほうを借りたのでしょうか?」

浅見は訊《き》いた。

「さあねえ、お客が人付き合いの悪い人だとか言っていたから、そのほうがいいと思ったのでしょう」

不動産屋は玄関ドアの鍵《かぎ》を開けて、建物の中に入れてくれた。

浅見は這《は》うようにして畳を見たり、壁や柱から、トイレ、浴室の中など、目をくっつけるようにして子細に見て回った。

「ほんとにサラですよ」

不動産屋は窓を開けながら、言った。浅見が建物にケチをつけようとしているとでも思ったらしい。

「ええ、真新しいようですね」

浅見は高ぶる気持ちを抑えながら言った。

「ただ、いくら留守中だからといって、あまり他人の家に入るのはよろしくないと思いますよ。うるさい相手だと、住居不法侵入で警察沙汰《ざた》にしないともかぎりません」

「えっ」

不動産屋はいやな顔をした。

「そりゃそうですがね、ぜんぜん使ってもらわないのも、管理を委託されておるこっちとしては困るのですよねえ」

「そうでしょうねえ、ですから、こうやって建物の中に入ったことなんかは、黙っていたほうがいいと思います」

「そうですなあ、そうしたほうがよさそうですなあ」

不動産屋はちょっと気味悪そうに浅見を見ながら、言った。

「あんたさんはどういうお人ですか？　沢口さんの知り合いかと思っておったが、そういうわけではないようですな。まさか刑事さんとちがうでしょう？」

「さあ、どうでしょうか」

浅見は真面目《まじめ》くさった顔をつくったが、相手の疑問には答えずに言った。

「ことによると、明日あたり警察が来るかもしれません。それまでは、この家の中に立ち入らないほうがいいでしょう」

「はあ……」

不動産屋はいよいよ不気味なものを見る目付きになっていった。

八幡町を出て、ふたたび156号線を南下しながら、まだ浅見は迷っていた。岐阜に入るまでのあいだに、決断しなければならないことであった。

途中、浅見は月岡和夫の死体が流れ着いた、美濃市の川辺に立ち寄った。あの日、そこに飾られていた花束は、すでになかった。川辺の土手には若草が伸びて、確実に時が流れたことを見せつけている。

浅見はひそかに現場に頭を垂れ、月岡のために祈った。

岐阜市内に入って、浅見は公衆電話で警察庁の兄に連絡を取った。

「まったく無意味なことになるかもしれませんが」

浅見はいきなり言った。

「何も訊かずに、僕の言うとおり、手配してくれませんか」

「うん、いいだろう」

刑事局長はあっさり了解した。

「岐阜県に八幡町というところがあります」

「うん、知っているよ」

「そこの小野というところに、今晩から明日の晩にかけて、制服の警察官を出動させ、昼夜交代で張番《はりばん》をさせていただきたいのです。もちろん、パトカーの中にいてもらっても結構ですが」

「ふーん、妙な頼みだな。まあいいだろう、きみの言うとおりに手配するよ。具体的にどうすればいいのか、詳しく話してくれ」

浅見は兄に礼を言って、たったいま考えたばかりの計画を説明した。兄は「ふんふん」と相槌《あいづち》を打ちながら聞いて、最後には含み笑いをした。

「なんだかよく分からないが、それが何かの役に立つのかね」

「ええ、たぶん」

浅見は自信なさそうに言った。

2

沢口の家に着いた時は、まだ十分、陽《ひ》のある時間だった。浅見は庭先の道路にソアラを置くと、丈の低い門を押し開けて入った。

門から建物までのあいだの地面は、コンクリートで舗装されてあって、車が二台駐《と》まっている。

玄関の脇《わき》に「沢口不動産ＫＫ」という小さな看板が出ていたが、ここに客が来て商談をするというような雰囲気は、まったく感じられなかった。やはり沢口は一匹狼《いっぴきおおかみ》的なブローカーなのだろう。

ブザーを押すと「はーい」と女性の声がして、まもなくドアが開き、痩《や》せた中年の女性が顔を見せた。

「失礼ですが、奥様ですか？」

「はあ」

「ご主人はご在宅ですか？」

「あの、どちらさまでしょうか？」

浅見が肩書のない名刺を出すと、困ったような顔をした。

「どういうご用件でしょうか？」

「ご主人におりいってお話があるのです」

「はあ……」

もういちど名刺を見てから、奥へ入った。夫人が消えた方角から、若やいだ女性の笑う声が洩《も》れてきた。玄関には紳士靴がこちら向きに揃《そろ》えて出ている。

（来客かな？――）

浅見は思った。

まもなく男が現われた。ベージュのスポーツシャツに、胸にワッペンのついたブルーのカーディガンを羽織っている。その服装のせいか、年齢は月岡や高桑と同じ五十三、四歳のはずだが、実際の年齢よりは、ずっと若く見えた。

「私が沢口ですが、どういうご用件でしょうか？ ちょっと立て込んでいるので、手短にお願いしたいのですがね」

奥で楽しい話題でもあったのだろうか、かすかに笑いの残る顔で言った。

「申し訳ありません、ちょっと複雑なお話なもので、手短にというわけにはいかないのですが」

浅見が強引な言い方をしたので、沢口は眉《まゆ》をひそめた。

「だったら出直してもらいましょうか」

「しかし、これはご主人の一身上にかかわる重大なお話なのですが」

「一身上？……何ですか、それ？」

「つまり、月岡さんと高桑さんとの、友情について、いろいろお話ししたいのです」

「なに？……」

沢口は反射的に奥のほうを振り返った。その方角からは、若い男女の幸福そうな笑い声が聞こえてくる。

「何のことです？　それは」

沢口は声をひそめて、言った。

「思い当たることはありませんか？」

「ありませんな」

「なんなら、八幡町の借家についてもお話ししようかと思っておりますが」

「八幡町の？……それがどうかしましたか、何のことかさっぱり分からんですな」

「そうですか、それではしようがない、警察を通じてお話ししたほうがいいですかね」

「警察？」

一瞬、沢口は怯《ひる》んだ様子に見えたが、すぐに立ち直った。

「何か知らんが、どうとも勝手にしたらいいでしょう」

「しかし、警察が動きだすとなると、二人のお嬢さんが悲しいことになるかもしれませんねえ。せっかくのご縁談にも響くのではありませんか？」

「なんだと……」

沢口の額からこめかみにかけて、青筋がスッと走った。眼には明らかに殺意が光っている。しかし、それはほんの一瞬のことであった。強靱《きょうじん》な抑制がはたらいて、表情は仮面のような平静を湛《たた》えた。

「どうも、あんたの言っていることはよく分からないが、目的はいったい何なのかな？　金ですか？」

浅見は露骨に軽蔑《けいべつ》の目を向けた。

「目的はあなたを処罰することです」

「処罰？　ははは……面白いことを言う」

沢口は笑ったが、浅見は無表情に言った。

「どうしますか、ここでお話しするには、あまり適当な話題だとは思えませんが」

沢口は笑った顔のまま、ものすごい目付きで浅見を睨《にら》んだ。

「若造が……」

浅見もその目を見返した。沢口の邪悪な目に抵抗するのは、かなりの勇気と信念が必要であった。浅見は月岡と高桑と、そして彼等《かれら》の家族のことを思いつづけて、耐えた。

「分かった……」

沢口のほうが視線を外した。

「表へ出よう」

奥へ行きかけて、思い止《とど》まって、下駄箱《げたばこ》から靴を出した。

「僕の車に乗ってください」

玄関を出ると、浅見はソアラを指差して言った。

「ほう、いい車に乗っているな」

並んで歩くと、浅見よりはわずかに背は低いが、体軀《たいく》はがっちりして、相撲《すもう》を取ったら勝てそうもなかった。

どこへ行くとも言わずに、浅見は車をスタートさせた。沢口も行き先を訊かない。

「お宅に見えていたお客さんは、お嬢さんの結婚相手の方ですね?」

「ああ、よく調べてあるね」

沢口は片頬《ほお》を歪《ゆが》めて苦笑した。

「しかし、私を脅すのに娘を使うのは汚いやり方だな」

「僕もそんな手は使いたくありません。ただ、素直にお話し合いをしていただくためには、不本意ながら、そうしなければならないこともあるでしょう」

「私は率直に話すつもりだ」

「そうですか、それなら何も問題はありませんね」

浅見は黙った。沢口もあえて話を催促することをしなかった。二人の沈黙を乗せて、車は長良川を渡り、岐阜グランドホテルの前の大駐車場に入って行った。

浅見は正面に金華山を見上げる位置に車を停《と》めた。

「ここがいいでしょう」

「ああ、ここでいい」

二人はシートベルトを外したが、外へは出ない。

「さて、何からお話ししたらいいでしょう」

「何からでもいいが、いっそ結論を言ったらどうかね、あんたが何を望んでいるのかをだな」

「僕が望むのは、あなた自身がどう身を処すかを決めることです」

「私が？　身を処す？　そりゃまたどういう意味だい？」

「あなたに残されている道はそういくつもありません。その中からあなたがどの道を選ぶのか、あなた自身に決めてもらうということです。僕は警察でも裁判官でもありませんからね」

「驚いたな、あんたは私を裁くつもりでいるらしい。いったい私が何をしたと言いたいのだね？」

「いまさら言うまでもないことでしょう。月岡、高桑両氏を殺害した罪によって、あなたは裁かれるのです」

「ばかばかしい」

沢口は唾《つば》を吐くように、笑い捨てた。

「いつだったか、刑事が来ていろいろ訊いて帰ったが、警察もそれっきりだよ。素人のあんたが何を言い出すのかね」

「それは愛知県警の鈴木警部のことですね。あの警部をあなたに差し向けたのは、僕なのですよ」

浅見は冷やかに言った。

「あんたが？」

さすがに沢口は驚いた。

「そうです、警察は無能とは言いませんが、時として素人に先を越されることもあるものです」

「へえー、大きく出たねえ。それじゃ、あんたが何を知っているのか、聞かせてもらおうじゃないの」

「そうですか、ではまず、事件のことをお話ししましょう」

浅見は大きく息をついてから、おもむろに話しだした。

「今度の事件は、あなたと月岡さんが四十何年ぶりかで偶然、出会ったところから始まったのだと、僕は思っています。なぜなら、あなたと月岡さんとのあいだに交友関係があった証拠は、何も残っていないからです。つまり、月岡さんの住所録にもあなたの名前は記載されていなかったということです。警察の捜査線上に、あなたの名前がまったく浮かび上がらなかったことからも、それは明らかだと思います」

「冗談じゃないな、何も証拠が残っていないということは、つまり月岡氏と私とは関係がないという、その証明そのものじゃないか」

「いいえ、ところがあなたと月岡さんは接触があったのです。しかしまあ、そのことはあとにして、ともかく事件のストーリーを聞いてください」

沢口はしぶしぶ黙った。

「月岡さんとあなたとのあいだにどういう話が交わされたか、僕は知りません。四十何年ぶりに出会ったのですから、きっと懐かしい話題に花が咲いたことでしょうね」

「ばかばかしい……」

「しかし、月岡さんもあなたも、そう楽しんでばかりはいられない事情があった、それはお二人とも、経済的な理由で、きわめて逼迫《ひっぱく》した状況にあったからです。もしかすると、あなたに会った当時、月岡さんは自殺か一家心中でも考えなければならないようなピンチに立っていたのかもしれません。そんな時にあなたと会ったということは、ある意味では運命のようなものだったのでしょうか。あなたは月岡さんからそういう事情を打ち明けられて、一つのアイデアを思いついた。そしてたぶん『死ぬつもりなら、何でも出来る』と言って、思いついたアイデアを月岡さんに提案したのです」

「へえー、いろいろ考えるものだねえ」

沢口の半畳《はんじょう》を、浅見は無視した。

「あなたのアイデアは、強盗殺人を偽装するというものでした。結論から言って、そのアイデアは見事に成功したといってもいいでしょう。西銀座の地下駐車場に車を乗り捨て、シートに血がベットリついていたという状況があれば、ほぼ強盗殺人事件があったものと断定されます。しかも月岡さんは巨額の宝石と現金を所持していたのですからね。

その時、あなたは八幡町の割烹《かっぽう》旅館で宴会の最中でした。この辺があなたの巧妙なところです。万一、月岡さんが第三者にあなたの名前を洩らしていたとしても、その『強盗殺人事件』について、あなたは立派なアリバイがあるわけです。

さて、月岡さんは西銀座に車を乗り捨てると、宝石類を持って新幹線に乗りました。目的地は八幡町小野。そこの、あらかじめあなたが用意しておいた一戸建ての借家です。あなたに指示されたとおりの筋書を演じて、冷えきった殺風景な家に辿《たど》りついた時の月岡さんの気持ちは、どんなだったでしょうねえ。しかし、ともかく芝居は成功したのです、月岡さんは身も心も疲れ果てて、あなたの来るのを待ちました」

3

陽が翳《かげ》った。長良川のせせらぎが瞬時にして消え、周囲には暮色が立ち込めた。

「あなたが月岡さんをどのようにして殺したのか、僕は思い浮かべるだけで吐き気を催します」

浅見はその言葉どおり、演技ではなく、不快な顔を作った。

「くだらん」

沢口は言った。

「くだらん空想をして、勝手に吐き気を催していればいいだろう」

「空想ですか。まったく、これが空想にすぎないことを、僕は祈りたい心境ですよ。しかし、あなたは月岡さんを殺した。たぶんその夜のうちに、です。死体はしばらく借家に隠しておいて、正確な死亡日時を推定しにくくするつもりでしたが、それにしても、東京での『殺人』の時刻と大きなズレのないほうがいいに決まっていますからね。

致命傷は背後から心臓に達する刺傷《さしきず》ひとつだったそうですから、おそらく月岡さんは睡眠薬を飲まされ、意識を失っている状態で殺されたのだと思います。当然、かなりの出血があったはずですが、あなたは後で血の始末をしやすくするために、犯行を浴室で行い、死体はそのまま放置しておきました。

こうしてあなたの第一の殺人は終わりました。ところが、まもなく、あなたにとって、思いもよらぬ伏兵が現われた。それは高桑雅文氏です。

高桑さんは月岡さんの失踪《しっそう》の理由を知っている、唯一の人でした。月岡さんに『強盗殺人事件』の偽装工作を打ち明けられ、仕方なく協力したものの、親友の行方について心配でならなかった。もしかすると、こういう事態になっていることを、ひそかに恐れていたのではないかとも考えられます。

そして、月岡さんの無事を確かめるために、あなたに接触を試みようとしたのです。

これはあなたにとって、驚天動地のアクシデントでした。

あなたは高桑さんを岐阜におびき寄せ、二月二十五日の午後五時半頃から六時頃までの間に、高桑さんを殺害したのです」

「あははは……」

沢口は哄笑《こうしょう》した。

「冗談じゃない、高桑とかいう男は、午後五時頃に犬山の明治村で殺されていたのだよ。私はその時刻には岐阜市内……すぐそこの歴史博物館にいたんだ。そのことは、あんたが差し向けたとかいう刑事が確認しているはずだがね」

「鈴木警部はたしかにあなたが五時頃、歴史博物館にいたことは確認しましたよ。あなたは閉館時刻がきても、しつこく残っていて、係の女性の顰蹙《ひんしゅく》を買ったのだそうですね。彼女はあなたの狙《ねら》いどおり、たいへんよく記憶してくれていたそうです」

「ふん、厭味《いやみ》な言い方だが、ともかく証人がいるのなら文句はないだろう。私にはつまりアリバイというやつがあるわけだ」

「そんなことはありませんよ」

浅見は笑顔を見せて、言った。

「警察が確認した主たる事実は三つです。第一に、高桑さんの死体が犬山の明治村にあったこと。第二に死亡推定時刻は午後五時頃であること。第三に死因は背後から心臓に達する刺傷による失血死であること。

ところが、捜査当局はこの三つのファクターを結びつけたものだから、二十五日の午後五時頃に明治村の現場で殺人が行われた——という『ありもしない事実』を『確認』してしまったのです」

「呆《あき》れたな、警察はそんなにボンクラじゃないだろう。それなりの証拠があったから、そういう結論に達したに決まってる」

「そう、あなたが言うように、証拠はたしかにありましたよ。そうでなければ、警察はそういう結論は出さなかったでしょう。

その証拠は二つ、第一に死体の下にかなりの血液が流れた痕跡《こんせき》があること。第二に現場からゲートへ向かう途中のゴミ箱に凶器が捨ててあったことです。

血液のトリックはいまさら言うまでもなく、月岡さんの事件をヒントにしたまでのことですが、凶器をわざわざそんなところに捨てて行ったというのが、いかにも頭のいい犯人らしいやり方です。つまり、それによって警察は、犯人が凶行後、客に紛れてゲートを出て行ったと考えたわけですね。犯行時刻は閉村前の午後五時頃である——と断定したのはそのためなのです。

しかし、さっき言ったように、実際の犯行は明治村で行われたのではなかった。それなのになぜあそこに死体があったのか——。

もっとも、そのトリックはごく簡単な手口ですよね。要するに、死体は外部からあの『現場』に運ばれたというわけです。それを警察が見落としたのは、大量の血液が地面に滲《し》み込んでいたことと、凶器が捨てられていたことによって目を晦《くら》まされたためですが、それ以前に、外で殺した死体を、わざわざあんな人目につく場所に運び込むわけがない——という、先入観がはたらいたためです。

ただ一つだけ疑問だったのは、あなたが高桑さんの血液型をどうして知っていたかでした。しかし、その謎を解く鍵はあの『忘れじの山』にありました。あなたたちは学童疎開の時に、全員が血液型の検査を行っていたのですね。高桑さんは0型だった。高桑少年はきっとそのことを誇らしげに話していたことでしょう。その遠い日の出来事があなたの記憶にあったとしても、不思議ではありません。

さて、死体運搬の方法ですが、僕はあの辺の事情に詳しくないので、最初はさっぱり思いつきませんでした。ところが、何度か地図を見ていて気がつきました。なんのことはない、死体はあの入鹿《いるか》池をボートで渡ってきたのですね。この方法なら明治村の閉村後でも問題ない。対岸のどこかから、あの品川灯台を目指してボートを漕《こ》げばいいわけです」

浅見の話は途切れたが、沢口は何も言わなかった。反論する気もないということなのかもしれない。

浅見は言葉を継いだ。

「ところで、あなたが絶妙のトリックと信じていたことが、じつは結果的にあなたの首を絞めることになったのです。それは凶器のクリ小刀と、それを包んでいた和紙。それからもう一つは、八幡町の借家です。ことに八幡町の家には、あなたの犯行を決定的に裏付ける証拠が残ってしまいました」

「ほう……」

沢口は興味を惹《ひ》かれた――というように顔を浅見のほうにねじ向けた。

「そんなものがあるのかね？」

「ええ、しかし、これは僕よりもむしろ警察がやるべき作業ですがね。それは何かというと、八幡町の家の浴室からルミノール反応が出たということです。つまり、月岡さんの血が流された痕跡です」

「なんだと……」

はじめて、沢口の表情に絶望の予感を思わせる、影のごときものが走った。

「ルミノール反応だと？　そんな当てずっぽうを言って、私を脅そうとしても無駄だよ。もしそんなものが出たのなら、あんたなんかより、まず警察が来ているはずじゃないか。いい加減なことを言うな」

「いいえ、警察はまだそのことを知りませんよ。それを発見したのはこの僕なのです」

「あんたが？」

「そうです、ついさっき、八幡町に行って確認しました。確認はしましたが、警察にはまだ伏せてあります。そして、そのことを最初にお話しするのは、沢口さん、あなたなのですよ」

「………」

「沢口さんはきわめて巧妙に完全犯罪を組み立てたつもりなのでしょう。しかし、あなたにとって残念なことは、自分の犯罪の完璧さを過信したことにあります。

おそらくあなたは、よもや八幡町の家にまで捜査の手が及ぶことはない――と安心しきっていたにちがいない。いや、八幡町の家どころか、あなたの存在そのものが警察にキャッチされるはずはないと思い込んでいたのでしょうね。

だから鈴木警部がお宅を訪ねてきた時は、さぞかしびっくりしたことでしょう。なぜ、どうして分かったのか？――とね。それがつまり、あなたの自信過剰が招いた蟻《あり》の一穴なのです。

いまだにあなたは、なぜあなたの存在がキャッチされたか、不思議でならないのではないかと思います。そう、月岡さんも高桑さんも、約束を守って、あなたのことは誰《だれ》にも言わずに死んでしまったのですからね。

ああ、そうそう、高桑さんがわずかに、月岡さんの娘さんに『木暮』という友人の名前を告げてはいますが、それだけでは、あなたを突き止めることなど、到底出来なかったのです。

それではいったい、あなたの存在をどうして知ることができたのかというと、それは、あなた自身が仕掛けたトリックのお蔭《かげ》だったのですよ。要するに、あなたが明治村のゴミ箱に残した凶器と、それを包んでいた和紙なのです。

あなたがなぜあの凶器を使い、あの和紙にくるんで捨てたのか、その理由は想像するしかありません。たぶんあなたは、まさかあんな古い物から出所がバレるとは思わなかったからでしょうね。それはそうですよね、常識で考えれば、四十年以上も昔に製《つく》られた品の出所など、いくら流通のルーツを探っても分かるはずがありませんものね。

あなたのその狙いもまさに的中したといってもいいでしょう。警察はまったくお手上げの状態でした。ところが世の中には素人の常識では推し量れない、非常識の世界ともいうべきものがあるのですねえ。ひょんなことから、僕はあの和紙とクリ小刀のルーツを知ることができたのです。そしてそれは結果として、あなたの存在を知る手掛りにもなったのですよ」

浅見は沢口の前に手を伸ばし、ダッシュボードの中から、白石《しろいし》で貰《もら》った「忘れじの山」を引っ張り出した。

「沢口さんは疎開時代の人達との付き合いを絶っていたので知らなかったでしょうが、こういう文集があるのですよ。この本の中に、たいへん興味深いスケッチが印刷されていました」

浅見は真中辺のページを広げた。例の「顔のない子供たち」が描かれたものだ。

「ほら、この坊やですが、しきりに木片を削って何かを作っていますよね。この子の手元を見てください。まさに高桑さんを刺したクリ小刀そのものではありませんか」

浅見は「忘れじの山」を広げたまま沢口の膝《ひざ》の上に載せた。沢口は反射的に腕組みをほどき、両手で本が落ちるのを防いだ。

（あっ――）と浅見は心のうちで叫んだ。沢口の左手の人差指が、第二関節のところから切れて無くなっているのが見えた。

沢口は本を抑えた手を見下ろしながら、じっと動かないでいたが、そのうち、肩をゆするようにして「クックッ」と笑いだした。

はじめは泣いているのではないかと思えるような低い声だったが、やがて、はっきりと声に出して笑った。

「あんた、この指を見たかね」

「ええ、いま気がつきました。いつ切ったのですか？」

浅見は痛ましそうに言った。

「四十何年前になるのかな？」

沢口は視線を窓の向うに上げた。空の色は紫色を増していた。

「この絵のモデルは私さ」

沢口は言った。懐かしさのかけらもない、乾いた口調だった。

「この小刀は私の自慢だった。ほかの誰のよりも切れ味がよかったのだな。いまでいうプラモデルを、当時は木で製ったものだが、この小刀のお蔭で、私の作品はいつも出色《しゅっしょく》の出来映えだった。

ところが、それを羨《うらや》むやつがいてね、強引に貸せと言った。私が使っているのを横取りしようとした。そのはずみで、私の指が切断されたのだ」

沢口は浅見を振り向いて、ニヤリと不気味に笑った。

「二月のはじめだった。東京に用事が出来て、電車にのっていると、急に大きく揺れてね、思わず左手で吊革《つりかわ》を摑《つか》んだ。いつもは、なるべくポケットに入れて、人には見せないようにしているのだが、その時は夢中だった。その直後、見知らぬ男が声を掛けてきた。『もしかして、木暮君じゃないか』ってね。それがあいつ——月岡だった。つまり、この指が私とあいつを四十何年ぶりに引き合わせたというわけだ。あいつもまた、自分の過失で友達の指を切り落とした罪の意識を、忘れることができなかったのだろうな」

沢口はしばらく指を見つめていたが、不潔なものを仕舞うように、ポケットに入れた。

「それがきっかけで、私とあいつは新橋のバーで飲むことになった。言っておくが、誘ったのは月岡のほうだよ。アルコールが入ると、やつは絶望的な経営状態のことを、くどくどと話した。自殺だとか心中だとか、あんたの想像どおりの暗い話をした……」

沢口はふいに話を止《や》めた。

「それからどうしたのです?」

浅見が訊いた。

「いや、もういいだろう、これ以上話すことも聞くこともない」

沢口は西の方角を指差して、「帰る」と言った。

4

岐阜の街は夕方のラッシュで、市電の走る通りは車のライトの洪水《こうずい》であった。

ゆっくりと車を進めながら、浅見はまだ、沢口との話し合いに「結論」が出ていないことを思っていた。

沢口は自分自身に対する「結論」をどうつけるつもりなのだろう――。

二人はついに無言のまま、沢口家の前に着いた。「どうも」とだけ言って沢口がドアを開けた時、玄関から人が出てきた。明かりの中に、若い紳士と二人の娘、それに沢口夫人の顔が見える。

沢口は黙って、後ろ手にドアを閉めた。

「あら、パパ」

下の娘らしい、女子大生ぐらいの年頃の女性が駆け寄ってきた。ソアラの中の闇にちょっと視線を送って、小さく会釈してから、父親の腕にぶら下がってむこうへ歩きながら、言った。

「伊東さん、いままで待っていてくださったのよ」

「そうか、そりゃすまなかったな。いっそ晩飯を一緒にしていってもらったらどうだ」

「だめよ、お姉さんと映画の約束があるんだって」

若い紳士は沢口に近づいて挨拶《あいさつ》をした。沢口もそれに答えて、何か冗談を言っているらしい。賑《にぎ》やかな笑い声が夕闇を震わせた。

浅見は静かに車をスタートさせた。下の娘が気付いて、こっちを指差しながら、父親に何か言っているのがバックミラーに映っていたが、すぐに見えなくなった。

沢口がどういう「結論」を出すのか、浅見にはすでにその答えが分かっているような気がしていた。いや、むしろそれは、願望と言うべきものかもしれない。

岐阜の市内で食事をして、ふたたび沢口の家の近くまで戻った。

灯火を消し、エンジンを停めた。この辺りはビルなどはなく、人家もまばらだ。しかも月のない晩であった。沢口家の明かりが、むしろ懐かしいもののように思えた。

今晩のうちに沢口が動くかどうか、正直なところ、賭《か》けに近い。しかし浅見は彼がまもなく動くという、信念のようなものがあった。沢口とはそういう性格の男だと思った。目前に現われた不安をそのままにはしておけない性格なのだ。高桑が接触してきた時も、月岡三喜子が彼女の「捜査」を始めた時も、沢口はすぐに対応して「善処」しようとした。三喜子の場合は、危うく難を逃れたが、高桑はみごとに「善処」されたのである。

その沢口が危険な札をつきつけられて、放置しておくことは考えられなかった。まず何よりも、浅見の言ったことの真偽を確かめることから始めるだろう。そのはずだ……と浅見は信じた。

八時を回って、気温が急速に落ちてきたのを感じる。浅見はヒーターを使うためにエンジンをかけた。スターターが気がひけるほどの音を立てた。

八時三十五分、沢口家の玄関から男が出てきた。門を開き、車に乗り込んだ。ヘッドライトがこっちを向いた。浅見は思わずシートに身を倒した。

沢口の車は門を出ると、浅見のいるのとは反対の方角に向けて走った。

浅見は百メートルばかり間隔をおいて、車を出した。進路は決まっている。離れても見失うおそれはなかった。

沢口は思ったとおり156号線を北へ向かった。

関、美濃を過ぎ、八幡町に入った。浅見はいっそう距離を置いて追尾した。街角を曲がるとたちまち沢口の車は見えなくなる。

借家のある街のかなり手前で、浅見は車を停めた。そこから先は徒歩で行くことにした。沢口の車がどこにあるのか、すでに見失っている。

街角を出はずれるところで、浅見は首だけを突き出して、そこから先の様子を窺《うかが》った。

角を曲がったすぐのところに沢口の車があった。灯火は消している。そのはるか前方にパトカーが停まっているのが見える。その辺りに例の借家があるはずであった。沢口の車から人影が出た。出たものの、歩きだすでもなく、半開きにしたドアに凭《もた》れるようにして、パトカーの方角を眺めている。

浅見はゆっくりと沢口に近づいた。

足音を聞いて沢口が振り返り、闇の中に浅見の顔を見てニヤリと白い歯を見せた。

「ほら、僕の言ったとおりでしょう。警察は遅まきながら手配を完了しているのです」

「そうらしいね」

沢口は寒そうな声を出した。実際、夜が更けると美濃路はまだ寒い。浅見もブルゾンの襟《えり》を立てた。

「可愛《かわい》いお嬢さんですね」

浅見は言った。

「あんたに褒められても、少しも嬉《うれ》しくはないがね。おかげさんで親に似ずいい娘だ」

「それならなぜ、月岡さんのお嬢さんを狙ったのです?」

浅見は鋭く言った。

「…………」

沢口は苦渋に満ちた顔になった。

「あなたは月岡さんとお嬢さんの遺体を一緒にして、どこかの山中に捨てるつもりだったのではありませんか?　そして、半年か一年後に白骨化した死体が発見される。ようするに父娘《おやこ》心中として事件が処理されるように工作するつもりだったのでしょう」

「…………」

「それだけは、僕は断じて許せない」

「…………」

沢口は俯《うつむ》いた。

「沢口さん、それで、あなたの結論はどうなったのですか?　どの道を選ぶのですか?」

「私がもっと、あんたほども若ければ」

と沢口は言った。

「私はまちがいなく、あんたを殺す道を選ぶだろうな。しかし、この歳《とし》になって、ああいう家族があっては、選ぶべき道は一つしかないだろう」

憤りをぶつけるように言って、沢口は車の中に入り、ドアを閉めた。

窓が開いて、沢口が顔を出した。

「あんたみたいな男が、娘のだんなになってくれたら、さぞかし安心だろうがな」

そう言うと、返事を待たずに車をバックさせ、四つ角で方向転換すると、若者のように思いきりエンジンをふかして走り去った。

「九頭竜《くずりゅう》湖か……」

浅見は呟《つぶや》いた。白鳥《しろとり》町から美濃街道を行き、油坂峠を越えると九頭竜湖である。かつて浅見が追った事件で、一人の男が九頭竜湖で死んだことがある。

浅見は背中を丸めて、パトカーに向かって歩いて行った。

「ご苦労さまです」

浅見が声をかけると、パトカーの窓から制服の警官が眠そうな顔を出した。

「おたくさんは？」

「浅見という者です」

「あ、あんたが浅見さんですか。われわれは岐阜県警の者です。浅見さんの指示で動くように言われて来ておるのですが」

「はい、ご苦労さまです。もうここは結構ですので、お帰りください」

「はあ、それでよろしいのですか？」

「ええ、結構です」

「ちょっと質問してよろしいでしょうか？」

「ええ、どうぞ」

「これはいったい何なのでしょうか？」

「ああ、何もお聞きになっていないのですね。じつは、今夜、凶悪犯がこの地に来るという情報があったのですが、結局、ガセだったことが分かったのです」

「はあ……そういうことだったのですか」

「それで、この建物の中には入らなかったのですか？」

「ええ、もちろん……しかし、この家に何かあるのですか？」

「いえ、そうではありませんが、寒いのに大変だったでしょうと思いまして」

「いや、それは仕事ですからな……しかし、どうも目的が分からないというのは、退屈でいけませんなあ」

警官は「では」と挙手の礼をして、大きく欠伸《あくび》をすると窓を閉めた。

パトカーの赤色灯が見えなくなるのを待って、浅見もソアラへ向けて歩きだした。

九頭竜湖に乗用車が転落しているのが発見され、男の人の死体が収容されたというニュースを、浅見は翌日の晩のテレビで見た。

地元警察は事故と自殺の両面で調査中……ということであった。

浅見は沢口の選んだ「結論」を悼《いた》んで、その夜、強くもない酒を酔いつぶれるまで飲んだ。

エピローグ

これでよかった——などという思いのまったくしない結末であった。これで沢口は罰せられたことになるのかどうか、浅見には自信がなかった。

しかし、これ以上の悲劇を招いてもいいなどとは、浅見はとても思えない。事件に関《かか》わった当事者たちだけが裁かれて、残された者たちには、彼等が失ったのと同じ程度の平穏と幸福を贈られる権利があってもいいではないか——と浅見は思いたかった。

マニラで誘拐された商社マンが解放されたニュースが、日本中を駆け巡った日、浅見は月岡家を訪問した。

「四月から、またお勤めに出ることにしたんです」

三喜子は意気込んで言った。この娘にとっては、悲劇はすでに過去のものになりつつあるのだ。

「髪、少しカットしたんです、イメチェンしようと思って。似合わないですか？」

男っぽいヘアスタイルを、三喜子はまるでモデルのようにポーズを取って見せる。

「いや、似合いますよ、爽《さわ》やかでいい」

浅見は眩《まぶ》しそうに目を細めた。

月岡夫人は三喜子ほどには陽気になれないでいた。

「主人のしたことは、悪いことなのではありませんの？　私どもはこの先、どうすればいいのでしょうか？」

三喜子が席をはずした時を見計らって、夫人はそう言った。

「あの事件のことは、もうすべての幕が下りたと思っていいのです。ご主人のなさったことは、ご主人自らが贖《あがな》ったのですよ」

「そうですか……」

夫人は何かに祈るように目を閉じて、ふと思い出して言った。

「高桑さんの息子さんですけれど、私どもの家でお預かりすることにしました」

「そうですか、それはいいですね」

浅見は満面に笑いが浮かんだ。ただ一つだけ割り切れなかった答えに、最後の結論が出たと思った。

遠くで三喜子の歌う声が聞こえた。

自作解説

僕はあまり自分の歳などを言わない主義なのですが、じつは昭和ヒトケタなれの果ての九年十一月十五日——つまり全国的に七五三で祝ってくれる日に生まれました。この年の生まれの人間にはあまり大物はいません——というと「大物」から文句が出そうですが、政治家や財界人ではそれほど目立った存在はいないと思います。ただし一風変わった人材は輩出している。たとえば大橋巨泉、愛川欽也、池田満寿夫、石原裕次郎、米倉斉加年、宇野亜喜良、江國滋、黒川紀章、横山光輝、田原総一朗、筒井康隆、藤子不二雄Ⓐ、武村正義、堤義明氏といった顔触れを見れば、なるほど——と納得されるでしょう。総じていえることは、いずれもまっとうな「大物」とは違う。どこか斜に構えて、皮相的に世の中を生きているような人種ばかりのような気がするのは、僕の僻《ひが》み根性のせいでしょうか。

昭和九年生まれは終戦の年には小学校（当時は国民学校と呼んだ。そういえば、僕たちが入学した年に尋常小学校が国民学校になり、卒業した年に新制中学校が始まっている）五年でした。僕らより二年早く生まれた人たちは中学生かあるいは高等科に進み、軍需工場や塹壕《ざんごう》掘《ほ》りの勤労奉仕に駆り出され、敵機の機銃掃射に遭ったりしていますが、僕たちは何もしなかった。日本が存亡の危機にあるときに、田舎の安全なところに疎開してタダ飯を食っていた。そういう負い目が、その後の人生にずっとつきまとっているのです。

おまけに、日本が戦争に負けると同時に、それまでのあらゆる価値観が引っ繰り返ってしまった。吹くはずの神風は吹かなかったし、負けるはずのない大日本帝国が負けてしまった。神様として絶対の存在であるはずの天皇陛下が僕たちと同じただの人間だったなんて、どう認識すればいいのか困ってしまう。あの鬼畜米英が、じつはチョコレートをくれる人道愛の権化だったり、あの東条サンが極悪人で死刑になったり、偉そうなことを言っていた老人やおとなたちが、次々に追放されていったりするのを見聞きして、世の中には信じきれるものなんかないことを、いやというほど叩《たた》き込まれたのですから、まともな人間に育つわけがありません。

もっとも、美智子皇后も光栄なことに僕たちと同い年ですから、中には立派な方ももちろんいらっしゃる――と申し上げておかなければなりません。

昭和十九年、戦況が日本に不利であることが覆うべくもなくなって、東京を中心とする大都市のこどもたちを地方に疎開させることになりました。首都防衛の足手まといになることもありますが、将来の軍国日本を背負うべき、次世代の人材を温存する意味もあったのでしょう。してみると、為政者はすでに敗戦を覚悟していたのかもしれません。

その「学童疎開」は正式には十九年の八月なかば頃から開始されたことになっています。終戦記念日前後に放送されたテレビ番組でもそう言っていました。しかし、僕たち「東京市滝野川国民学校（浅見光彦の母校）」では、第一陣が七月七日に疎開先へ出発しています。おそらくテストケースだったのでしょうが、これが学童疎開の嚆《こう》矢《し》です。

学童疎開といえば、昭和哀史のひとつとして語られることが多いのですが、当事者としては、それほど悲痛な体験とは思っていませんでした。僕たちの疎開先は静岡県沼津市の静かな入江に面した風光明媚《めいび》な土地でしたから、まあ、ちょっと長すぎる臨海学校といった気分もありました。日本中が悲劇の真っ最中でしたから、苦痛に対して鈍感になっていたのかもしれません。

およそ八十人の四、五年生がお寺の本堂や離家《はなれや》でひとつ釜《かま》の飯を食う生活が、ほぼ一年近くつづきました。食い物だけはロクなものがなかった。コメの飯の代わりに満州（いまの中国東北部）産のコウリャンという、早い話がトウモロコシみたいなものをご飯のように炊《た》いて食いました。海が近いだけに、毎日イワシばかり食っていたような記憶があります。現在の僕の、食い物に対する貪婪《どんらん》さはこの当時に培《つちか》われたものにちがいないのです。

成長期のもっとも大切な時期に一緒に過ごした仲間には、何十年経っても格別の想いがあるもので、その後の学生時代や社会に出てからの友人・仲間に対するのとは比較にならない、濃密で、ある意味では悲しいほど屈折した感情が連綿としてつづいています。それはほとんど、肉親に対して抱く愛憎に近いものがあるといってもいいでしょう。

本書『美濃路殺人事件』は、そういう学童疎開世代の人々を背景に書かれた作品です。この作品を書く直前、偶然、台東区誠華小学校（当時・国民学校）の疎開児童だった人々の記録をまとめた『不忘山』という文集に出会い、ひどく感動しました。お読みになってお分かりのとおり、その逸話が『美濃路殺人事件』に色濃く投影されていますもちろん、作品に描いた物語とはまったく無関係ですが、勝手にモデルに使わせていただいた失礼を、この場でお詫《わ》びいたします。

美濃は有名な和紙の産地ですが、不忘山の麓《ふもと》の白石もまた和紙で知られた土地であったことが、殺伐としたこの物語の世界を優しく悲しく彩り、そこはかとない情緒を醸し出す要素になっています。

僕はなぜか、こうした、いくつもの偶然の出会いに恵まれる星のもとに生まれているらしい。取材で美濃に旅立つときには、何一つとして腹案も構想もなかったことは、作中の浅見クンの勘違いのエピソードに語られたとおりです。それなのに、書き進める過程でつぎつぎに、現実や、あるいは空想の世界で、新しい、心ときめくような発見や出来事に遭遇します。ことさらに奇を衒《てら》ったり、技巧を凝らしたりしなくても、自然の流れに従ってワープロのキーを叩けば、いつの間にかストーリーが完成してゆくのです。そのくせ、神も仏も信じない罰当りなのだから、ほんとに始末が悪い。

登場人物の名前についてひと言。ヒロインの三喜子は僕の従姉妹《いとこ》の名前です。僕と同い年で、おきゃんな美少女でしたが、いまは調布駅前の宝石店のしとやかな令夫人。高桑というのは疎開時代の同級生、木暮もそうです。同じ作品に登場させるにしても、男はロクな扱いをしない点も、僕の性格の悪さを物語っています。

著　者

時間の旅、心の旅

間が悪いというか、ついてないというか、僕ほどの品行方正オトコでも、天運に見放されることがあるものらしい。

『美濃路殺人事件』の取材に出掛ける当日、まだ十一月だというのに前夜、季節はずれの大雪に見舞われた。未明には雪はやんだが、陽が昇ってからだいぶ経っても道路には雪が残っていた。軽井沢から佐久《さく》・海ノ口《うみのくち》あたりまでは除雪作業も行なわれるし、交通量も多いから心配はなかったが、問題は八ヶ岳《やつがたけ》山麓・清里《きよさと》高原を越えて、中央高速の須玉《すだま》インターまで行く国道一四一号である。

時季が早いので、スパイクタイヤに切り換えることもしていない。チェーンも装着しないで、はたしてあの峠道を越えることができるのか、心配ではあった。

どうしようか、取材日程を一日延長するか――と思い悩んだが、相棒の松岡《まつおか》女史とは連絡の取りようがない。何しろ落ち合う場所が東海道本線尾張一宮《おわりいちのみや》駅前という、まるっきり知らない土地の、おまけに駅からいちばん近い喫茶店という、仮想の場所なのだ。

松岡女史のことは『浅見光彦のミステリー紀行』第一集で紹介しているけれど、徳間書店の編集者で、内田康夫というただの怠け者を推理作家に仕立てた第一の功労者である。『「萩原朔太郎《はぎわらさくたろう》」の亡霊』以来の徳間書店刊の内田作品をすべて手がけた。口八丁手八丁。自社はもちろん他社の分にまで口を出して、自ら調整役を買って出る。二年前にリタイヤしたが、老いてますます盛ん、いまも僕の執筆スケジュールは、彼女を抜きにしては作成不能というくらいなものである。

作家がいつどこの社の作品を書くか——というのは、作家本人の自由勝手のようだが、実際は義理と人情のしがらみに、がんじがらめに縛られて、身動きが取れない。僕はだいたい十社の出版社とお付き合いしているけれど、年間生産量はせいぜい七～十作程度。となると、どこかと必ず不義理が生じる。八方美人が唯一の美徳である僕としては、割りを食った各社に頭の下げっぱなしだし、書きたい出版社ともなかなか浮気ができない。現に、読者から「かの有名なB社やS社からは、なぜ本を出さないのか?」と疑問を投げかけられるのだが、じつは数年越しの注文をもらいながら、いまだに約束を反故《ほご》にしつづけているのが実情なのである。

おまけに、各社平等に年一作ですむわけでなく、「おれのところには二作寄越せ」と、年貢米《ねんぐまい》取り立ての悪代官みたいなところが三社ある。差し障りがあるのでとくに名を秘すけれど、いずれもイニシャルが「K」で、わが家ではこれを「こわもて出版社の3K」と呼んでいる。

僕は容姿端麗なばかりでなく、気が弱い上に、物忘れがひどく、顔を合わせた相手には調子のいいことを言って、その場凌《しの》ぎをする悪いヘキがあるから、どうも、無意識のうちにあちこちの出版社と口約束を重ねているらしい。当方としては悪意はないのだが、テキはそれを逆手に取って、寄ってたかって「この始末どうつけるんや?」と苛《いじ》めにかかる。そんなピンチに、颯爽《さっそう》と白馬にまたがってやって来て、「だめよ、あんたたち!」と一喝《いっかつ》するのが松岡女史なのである。

このように、じつに頼り甲斐のある松岡女史だが、ただ、惜しむらくは、早トチリの地理音痴であって、たとえば栃木県や茨城県の県庁所在地がどこかさえ知らない。群馬県庁は群馬市にあると信じている。青森県の青森市、山形県の山形市――といった具合に、県名と県庁所在地名とはすべて同じだ、ぐらいの認識である。これでよく、トラベルミステリー作家の担当が務まるものだ。

といったわけで、今回の取材には少なからず不安を感じていた。僕は車、女史はJRを利用して、尾張一宮でドッキングする――という計画も、ずいぶんいいかげんだ。駅前には喫茶店ぐらいあるだろうと勝手に決めているけれど、行ってみたら一面の麦畑だったりするかもしれない。そんなことはないにしても、早トチリ地理音痴の女史が迷子になりはしないか、緻密な頭脳の持ち主である僕としては、気掛かりなことであった。

＊

さて、清里高原の登り坂にかかるまでは、道路はシャーベット状態ながら、なんとか無事に走れた。しかし案の定、急坂を登るにつれ気温は下がり道路の積雪も深くなる。前を行くトラックがノロノロ運転で猛烈な黒煙を上げるのに業《ごう》を煮やして、思わず追い越しをかけたとたんスリップ、あやうくトラックの後輪に激突しかけた。前後の車の連中の嘲笑が聞こえるようだ。

なんとか山道を乗り越え、中央高速道に入ったら、今度は飯田《いいだ》付近が通行止め。一般道に迂回《うかい》して、ふたたび高速道に戻ると、恵那山《えなさん》トンネルを抜けたところでチェーン装着の指示である。

もうだめだ、約束の十二時どころが、夕方までかかったって着きっこない。僕は諦《あきら》めて自宅に電話を入れた。カミさんに徳間書店と連絡を取りあって、どこにいるか知れぬ松岡女史を捕捉《ほそく》、当方の悪戦苦闘ぶりを伝えてもらうつもりだ。ところが、電話に出たカミさんの第一声は「いったい、どうなっちゃっているの？」であった。

「どうなっちゃっているとは、どうなっちゃっているのだ？」

「だって、いま松岡さんから電話があって、取材は明日だっておっしゃってたけど」

「愚か者、何を寝ぼけたことを言っているのであるか。僕はちゃんとカレンダーに○印をつけておいた……」

言いかけて、僕は愕然となった。そもそもカレンダーに○印なんかつけたのが、間違いの元であった。そうなのだ、メモを取らない魔である僕にしては珍しく、几帳《きちょう》面《めん》にもカレンダーに印をつけた数日後、予定を一日ずり下げてくださいという松岡女史からの連絡があったのに、その時はカレンダーの○印を変更しておかなかった。だからこそ、メモだの○印などはつけないに越したことはない。明晰《めいせき》な頭脳の持ち主である僕が、凡人の真似をするからこういうことになる――と思ったが後の祭り。

「分かった、僕一人で行く。二人より一人のほうが気が合っていいのだ」

強がりを言ってはみたものの、宿がどうなっているのか、取材先との話はついているのか、心細いかぎりであった。

うまい具合に、長良川《ながらがわ》ホテルの眺望のいい部屋が取れた。長良川の清流越し、真正面に岐阜城が聳《そび》えている。昨夜降った雪が野や川原に残っていて、幻想的な風景であった。

ホテルを基地に、翌日は朝から夜まで取材に駆け回った。長良川沿いに北上して美濃市を抜けた辺りを左折すると、まもなく「和紙の里」がある。

『美濃路殺人事件』だから美濃紙《みのがみ》を取材する――というのは、きわめて短絡《たんらく》的なようだが、トラベルミステリーの発想の原点はだいたいこんなものである。ついでにいえば、岐阜城や犬山城、明治村、郡上八幡《ぐじょうはちまん》といった観光名所を連想するのも、ごくふつうの流れといっていい。そんなもんだから、硬派の読者は「地名」プラス「殺人事件」のトラベルミステリーをテンから馬鹿にして、読んでくれない。まことに遺憾《いかん》なことだ。

先年、あるところで読書会を仕切っている中年のご婦人と会った。推理小説など、文化的存在意義など皆無だと信じている、カチカチの硬派である。その際、僕の『○○殺人事件』を進呈しようとしたら、露骨にいやな顔をして、「こういう本はどうもねえ」と言われた。「まあ、そうおっしゃらずに、一度でいいから、読んでみてください」と強引に押しつけておいたら、何日か経って手紙を頂戴《ちょうだい》した。「まことに失礼、認識を新たにしました」というもので、以来ファンになってくれている。そんなふうに誤解されないように、『殺人事件』などと名付けずに、もっと気のきいたタイトルをつければよさそうなものだが、あえてそうしない理由は、『津軽殺人事件』のあとがきに書いた。

それはともかく、発想は短絡的であり素朴であるかもしれないけれど、そこから展開し転変、いい意味で換骨奪胎《かんこつだったい》してゆくのが創作活動だと僕は思っている。「地名」プラス「殺人事件」のタイトルだからといって、その土地で起きた事件を警察なり探偵なりが捜査し、謎を解き、犯人を捕まえる——というだけでは、どんなにトリックがすぐれていようと、単なる犯罪小説であったり、捜査記録の延長でしかない。

よく、「あなたはどうやってトリックを考えつくのですか？」と訊かれる。読者の多くは、推理小説の発想の原点はトリックにあると信じているらしい。一般的なことは知らないが、僕の場合についていえば、小説を書きだそうとして、トリックを考えたことはただの一度もない。

もしあなたが人を殺したとする。そのとき、殺意が芽生えたのは、被害者に対して怨恨《えんこん》なり利害関係があるためであって、トリックのいいのが見つかったから殺したくなったわけではない。いいトリックを使ってみたいばっかりに、殺人を犯すというのは、もはやビョーキである。いや、これは冗談でなく、現実にそういう人は少なくない。たとえば爆弾魔などがそうだ。ひそかに爆弾を製造し、無差別に仕掛けて、不特定多数の相手を殺傷する。このてあいが成長すると、たくさんの戦車やミサイルを保有し、ためしに隣国を侵攻したくなる。自分の安全だけを確保しながら、他人が死ぬのを楽しむ、まことに卑怯きわまる連中である。

話題がとんでもない方向へ向かったが、こんな具合に、発想の原点からどんどん思いがけない世界へと転換してゆくのが僕の筆法かもしれない。

『美濃路殺人事件』も、舞台は一転、東京へ、さらに宮城県の白石《しろいし》へ——と移ってゆく。地理的な距離ばかりでなく、時間距離も遠く遡《さかのぼ》る。人間の深層に潜《ひそ》む業《ごう》のようなものへの旅もある。

昭和二十年当時、宮城県白石には、台東区（当時浅草区）の精華《せいか》国民学校児童およそ三百五十名が疎開していた。白石は素麺《そうめん》でも有名だが、和紙の里としても知られたところである。子供たちは両親のもとを離れた寂しさを和紙づくりの見学や、蔵王《ざおう》連山の一つ、不忘山《ふぼうさん》を眺めることでまぎらわせながら、東京へ還《かえ》る日を待ち望んでいた。三月七日、疎開児童のうち六年生だけが、中学校の受験のために上京した。そうして、その二日後、東京大空襲に遭遇する。

三月九日夜、東京の下町一帯は大空襲によって壊滅《かいめつ》し、十万人を超える死者が出た。帰郷していた六年生はもちろん、疎開児童の肉親たちの多くが死んだ。悔《く》やみてもあまりある悲運というほかはない。

それから三十年の歳月が流れ、かつての疎開児童たちは再会し、『不忘山』という文集を発行した。僕は偶然、この本を手にする機会に恵まれたが、苦難の時代を顧《かえり》みて、明日の生き方に想いをいたす内容の文章が、せつせつと綴《つづ》られている。

思えばその『不忘山』との出会いが、『美濃路殺人事件』を、予測もしなかった方向へと導いたのである。

解説

山前 譲

鋭《するど》い分析で難事件を解決していく名探偵でも、たまには失敗することがあるようだ。たとえば、一九八七年四月に徳間書店より刊行された、この『美濃路殺人事件』での浅見光彦である。F出版社の「二十一世紀に生きる日本の伝統工芸」というテーマのシリーズのひとつとして、岐阜県美濃《みの》市で和紙の取材をしたのだが、〝はたして二十一世紀にも和紙が産業として活躍しうる余地があるのか、浅見は少し不安になった〟というのだ。

しかし、周知のように、二〇一四年十一月、「和紙　日本の手漉《てすき》和紙技術」がユネスコの無形文化遺産に登録された。二十一世紀に入って、和紙は日本を代表する伝統的な技術として、世界的に認められたのである。

しかも、そこで登録された三つの和紙のひとつが、岐阜県美濃市の本美濃紙なのだ。

村）である。もし『美濃路殺人事件』での取材行が、和紙に関するレポートだけに終わっていたならば、先見の明がなかったと、浅見光彦のライターとしての歴史に、ひとつ汚点を残していたかもしれない。ちょっとそれはオーバーではあるけれど、もちろん美濃でも、難事件が名探偵を待っていた。

ほかのふたつは、「石州半紙《せきしゅうばんし》」（島根県浜田市）と「細川紙《ほそかわし》」（埼玉県小川町、東秩父

和紙の取材を終え、夜、地元の旅館で寛《くつろ》いでいると、テレビのニュースが殺人事件を報じた。愛知県犬山《いぬやま》市の明治村で、刃物で刺された男性の死体が発見されたという。被害者は東京八王子の会社員だったが、テレビに映った顔写真に、浅見光彦はなんとなく見覚えがあった。

誰だろう？　ふと思い出したのは、やはりテレビで見た顔だということだった。何日か前、東京銀座の宝石商が行方不明になった事件を取り上げていたとき、宝石商の家の前で報道陣に対応していた男ではないだろうか——。

そう気付いたら、黙ってはいられないのが浅見光彦である。翌朝すぐ、捜査本部の置かれている犬山署に顔を出す。だが、自分が気がついたことを話しても、海坊主のようにズングリした警部の反応は鈍かった。そこに凶器発見の一報が入る。報道陣に

まぎれて記者会見の場に入り、凶器を見ることができた。それは小刀で、紙に包まれて発見されたという。その紙が和紙であることが、名探偵の脳細胞を刺激するのだった。

こうして取材行が探偵行へと変化していくのだが、浅見光彦の事件簿に欠かせないのがヒロインである。二〇一四年七月に刊行された上下巻の大作『遺譜　浅見光彦最後の事件』は、サブタイトルにかなり驚かされたものだが、冒頭、浅見光彦の誕生パーティが開かれているのにも驚かされた。永遠の三十三歳のはずが、なんと三十四歳に!?　軽井沢で行われたそのパーティに、『平家伝説殺人事件』の稲田佐和を筆頭にして、歴代のヒロインたちが列席していたのは、浅見光彦シリーズの愛読者にとって、嬉しい驚きだったに違いない。

ただ、全ヒロインがその場に顔を揃《そろ》えることは叶わなかったのかもしれない。『美濃路殺人事件』のヒロインである、月岡三喜子の姿をそこに見ることはできなかった。けれどその三喜子は数多い浅見光彦シリーズのヒロインのなかでも、特筆される存在だ。なぜなら、浅見光彦の左頬をひっぱたいた（多分）唯一の女性だからである。

犬山署から明治村へと愛車ソアラで向かった浅見光彦は、死体発見現場の近くで見覚えのある女性と出会う。それは、岐阜へ向かう前、編集者と待ち合わせていた新宿駅で、いきなり頰を叩いてきた美しい女性だった。なんとかその時の誤解を解いた浅見は彼女、月岡三喜子が、行方不明の宝石商の娘であることを知る。

彼女の父は、事業に行き詰まり、借金の返済に追われていた。また、高額の生命保険にも入っていたという。誘拐なのか、あるいは狂言なのか。警察の捜査の進捗状況は思わしいものではなかった。かくして浅見光彦は、東京と岐阜で起こった事件の謎解きに駆り立てられる。

失礼なことに、冒頭では浅見光彦の分析力を疑ってしまったが、もしかしたら彼が書いた記事によって、美濃和紙があらためて注目されたのかもしれない。

和紙とは日本古来の製法による手漉き紙のことで、全国各地にそれぞれ特色ある紙が作られてきた。にもかかわらず、ユネスコの無形文化遺産に三つの地域しか入っていないのは、いずれも原料を国産の楮《こうぞ》に限定し、伝統的な技法にこだわっているからである。

美濃紙は、一千三百年以上の歴史があるというが、最盛期には四千戸余りの家が和紙作りに従事していたのに、一九八五年には四十戸にまで減少した。だから当時、浅見光彦でなくても将来を危ぶんだことだろう。こうした和紙の変遷については、本書の「第三章　和紙の里」に詳しい。

だがその年、美濃和紙は国の伝統工芸品に指定され、現代社会での新たな和紙の展開を探りはじめていたのである。日本の誇るべき伝統的な技術に抱いた危惧《きぐ》を率直に記した浅見光彦の記事は、その新しい流れに棹《さお》さすものだったかもしれない。

その日本ならではの和紙が、殺人事件の凶器を包んでいたのだ。はたしてどこで作られたものなのか。その探索が思いがけない地へと浅見光彦を誘うのだが、新たに浮かび上がってくるキーワードが「自作解説」で触れられている学童疎開である。『美濃路殺人事件』が新装版として徳間文庫より刊行される二〇一五年は、一九四五年の終戦からちょうど七十年という節目の年になる。あらためてあの戦争を振り返る機会となるだろうが、学童疎開は年少時の体験だけに、いまだに記憶の鮮烈な人が多いに違いない。

敗色濃厚となった一九四四年夏、東京、大阪、名古屋、大阪、横浜といった大都市の小学生を、正確にいえば国民学校初等科の生徒を、戦禍に巻き込まないようにと、農村などに避難させる政策が本格化した。奨励されたのは親戚を頼る縁故疎開だったが、学校単位の集団疎開も広く行われた。

東京が初めてB29による空襲を受けたのは一九四四年十一月であり、ほどなく他の都市も大規模な空襲に見舞われるようになった。だから、結果として、多くの命が救われたことになる。たとえ家族と別れて淋しかったとしても、ひもじい食生活だったとしても、そして空襲で家族を失ったとしても……。

本書のほか、二〇一四年十一月の舞台化も好評だった『靖国への帰還』や、かつて海軍兵学校があった島を舞台とする『江田島殺人事件』など、内田作品には戦争の影が色濃いものも多い。戦後七十年にあたって、そうした作品の存在感はますます増していると言えるだろう。

和紙の取材に始まり、明治村で死体が発見されているこの『美濃路殺人事件』では、事件の展開とともに浅見光彦が、美濃の、すなわち岐阜県南部の観光地を何か所も訪れている。城下町の面影を残す美濃市市街、岐阜公園の一角にある歴史博物館、「郡《ぐ》上《じょう》踊り」で知られる情緒たっぷりの郡上八幡、あるいは鵜飼《うか》いが有名な長良川《ながらがわ》と、いつもながら旅情はたっぷりである。

二〇一五年三月十四日に北陸新幹線が金沢まで延伸され、北陸の観光スポットが今注目を集めているが、海外では、名古屋から高山を経て、その金沢へと抜けていく「サムライ・ルート」が最近、人気を呼んでいるそうだ。

神社仏閣、高山の伝統的な街並み、おわら風の盆のような祭り、世界遺産に登録されている白川郷《しらかわごう》・五箇山《ごかやま》の合掌造《がっしょうづく》り集落、そして城下町・金沢の佇まいなど、日本情緒を味わうことができる地域を結んでいるのだが、「サムライ」と名付けられているだけに、城への関心も高いという。

織田信長の天下統一の第一歩となった岐阜城ほかの古城、あるいは天下分け目の「関ヶ原の戦い」と、戦国時代に思いを馳せることのできる美濃が、「サムライ・ルート」の重要な観光地となっているのは言うまでもない。そのあたりの魅力にもちゃんと触れられているのは、浅見光彦シリーズの先見の明と言えるのではないだろうか。

この『美濃路殺人事件』は浅見光彦シリーズの第十五作である。岐阜県を舞台にした長編としては他に、『白鳥殺人事件』『華の下にて』『皇女の霊柩』『風の盆幻想』『還らざる道』があるが、「旅と歴史」というシリーズの魅力をもっとも堪能できるのが本書だ。と同時に、犯人の魔手が迫ったヒロインを助けようとする、浅見光彦の必死な姿も印象に残る。たとえ突然頬を叩かれようとも、女性にはいつも優しいのだ。

そんな名探偵がたどりついた事件の真相とは？　もちろん本書の最大の魅力は、謎解きの妙にある。

二〇一五年四月

この作品は1990年6月に刊行された徳間文庫の新装版です。なお、本作品はフィクションであり実在の個人・団体などとは一切関係がありません。

「時間の旅、心の旅」は光文社文庫『浅見光彦のミステリー紀行 第2集』より再録しました。

徳間文庫

美濃路殺人事件《みのじさつじんじけん》

〈新装版〉

2015年5月15日 初刷
2021年12月5日 8刷

著者 内《うち》田《だ》康《やす》夫《お》
発行者 小宮英行
発行所 株式会社 徳間書店
東京都品川区上大崎三―一―一
目黒セントラルスクエア 〒141―8202
電話 編集〇三(五四〇三)四三四九
販売〇四九(二九三)五五二一
振替 〇〇一四〇―〇―四四三九二
印刷 本郷印刷株式会社
製本 ナショナル製本協同組合

ISBN978-4-19-893968-7 (乱丁、落丁本はお取りかえいたします)

徳間文庫の好評既刊

内田康夫

「紅藍《くれない》の女《ひと》」殺人事件

新進ピアニスト三郷夕鶴《みさとゆづる》は、父伴太郎《ともたろう》の誕生会の日、見知らぬ男から父への伝言を手渡された。紙片には「はないちもんめ」とだけ書かれていたが、それを見た伴太郎は表情を変えたのだ……。父の友人で古美術商の甲戸《かぶと》天洞《てんどう》の娘麻矢《まや》は夕鶴の親友。「はないちもんめ」の意味を探るため、夕鶴はルポライターの浅見光彦《あさみみつひこ》に会うが、同席するはずだった麻矢から、天洞の死の報せが!?